● 1996年巴拿馬一個只剩下24人瀕臨滅絕的部落，透過口述歷史的田野調查，揭開了五百年前歐洲人屠殺焚掠的大逃亡，祭司用傳統神鷹舞保住了民族的命脈。

• 2022年26年後回到巴拿馬重聚，河湖交錯的雨林部落已成為數百人的大村寨，我們再次踏起老鷹的舞步，彷彿回到遠古殷商甲骨文大篆象形文字記錄鷹字的寫法。

●太平洋與大西洋，東西方的台灣虎井沉城到與那國島、百慕達三角洲海底，奇幻的景觀隱藏著時空扭曲的未解之謎，神秘的船艦飛機失事失蹤事件百年來層出不窮。

•東西方對應的百慕達深海一股迴旋不止的強力聲波，像喜馬拉雅山區古老的天鳴鐘吟誦出寬慰溫暖的α長波，引領人類思考環境與生命；也引發一波波量子糾纏在平行宇宙時空裡的磁場干擾與海流漩渦。宋元明海上絲路沉瓷探索科考計劃面對空前挑戰，尤其同時尋找失蹤的花蓮一號鐵砂船下落更是難上加難。

●蘭嶼是南島文化海洋民族和阿里棒棒飛魚的故鄉，面對時代的變遷，從傳統拼板獨木舟的漁團航海捕魚中，重新體會鄉土溫暖，找回新航海文化生命本質的真純。

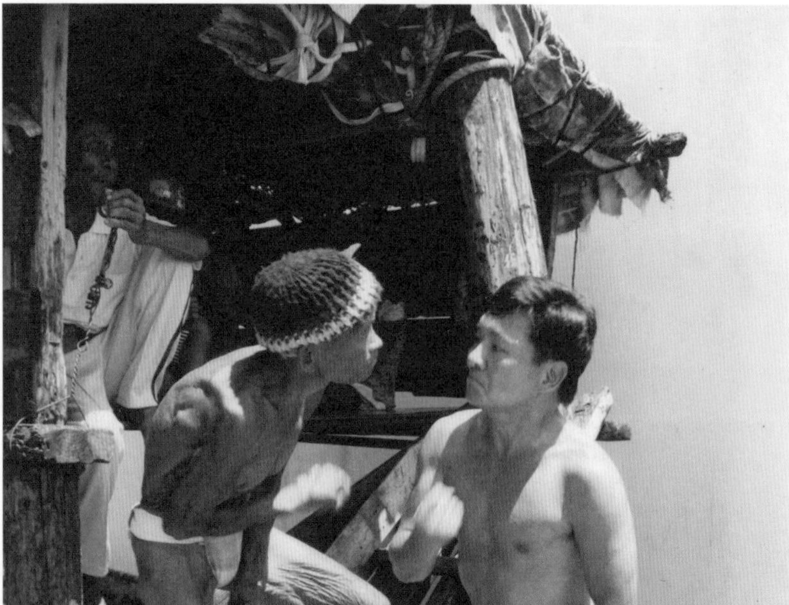

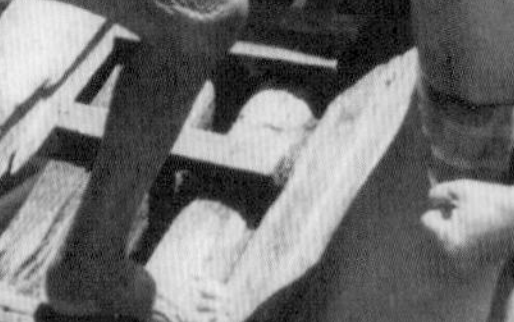

●台灣高雄路竹的龍發堂開山祖師開豐和尚，圓寂三年後全身不腐，依唐朝古法以天然漆樹汁污暈金做成金剛不壞之體的肉身菩薩，延續他照顧收容精障人士的遺願。

●龍發堂曾收容的647名精神官能障礙的「孩子」，是我環遊世界回到心靈大海上航行的明燈。能跟他們一起生活14年是我生命中何其巨大的恩典。還好有報導文學，能夠把那個特定時空裡的那一群特別的人，忠實完整且深刻地錄了下來。他們曾經跟我一起活過。

看見海洋　探險報導文學

飛越海闊天空

心航海時代四部曲

眭澔平　著
蔚藍　導讀

推薦序

哪個「我」才是你

蔚藍（蔚藍人文堂創辦人）

我去國二十餘年，眭澔平聲名遠播，卻無緣相識。

緣起大疫之年，邀請眭澔平老師來「蔚藍人文堂」全球雲端公益演講。會前我做足功課，把他當成當代人物，徹底研究，而有後來合作的十餘場演講及寫作因緣。

我從一個不懂，到一整個懂，是以文會友的相知。

維基百科上記載，眭澔平有許多身分：電視主持人、主播、記者、作家、紀錄片導演、冒險家、世界田調旅行家、美國康乃爾大學的世界文化史博士、英國里茲大學的社會經濟學博士、中國山東中醫藥醫學博士、大學教授……，放眼望去，斜槓又多槓的生命歷程，華人世界獨樹一格。

不僅如此，在這本書裡，畦澔平化身為不同「說故事者」的「我」，由這些帶領「你」的「我」，展現出文字的七十二變。

這一本《心航海時代四部曲》裡，他是如何由不同的「我」，帶著「你」去「看見海洋」？看見從古至今、由西到東、出城進鄉、自外入內四種層次的海洋。

作者如何化身為第一人稱「我」，以四種不同文體（歷史小說、科幻小說、鄉土小說、新聞小說），藉四組不同角色（瀕危酋長與人類學者、海洋教授與尋父學生、返鄉青年與部落村民、新聞記者與精神病患），洋洋灑灑、條理有致切入主題，同樣透過了轉悲為喜、起死回生兩大鋪陳主軸，讓文本豐富多彩引人入勝，開創報導文學寫作更開闊且細膩的書寫格局，處處驚豔。

在歷史小說「巴拿馬大逃亡」裡身兼三個角色，第一人稱「我」可以貫穿五百年前的父與子，「我」可以是二十六年前後的人類學者。在科幻小說「大東亞百慕達」裡，「我」又化身為世界海洋文化史教授。在鄉土小說「阿里棒棒的家」裡，

「我」化身為達悟族返鄉青年。在新聞小說「我來去龍發堂」裡，那個「我」蹲點十四年，化身為記者，回歸報導文學的本業。

一個人，怎能如此多變？

一本書，怎能如此多元？

豐盛、豐美、豐富的世界，風采、風尚、風雲的天地，於是焉在眼前展開，深入無所不在各個角落，穿越無遠弗屆各個時空。

本書的三個特色

一、目次小標題尤其用字精巧：學霸讀書抓重點，以精簡的標題，讓讀者不會在文字迷宮裡迷路。

二、小說裡暗藏個人旅行經歷：環遊世界的普世價值就是愛與人文情懷，與世人結緣，善於採集故事也擅長說故事的人。

三、親近一個真善美的大世界：三分虛構，七分真實，他在世界各地做人類文明田野調查後，融會成易懂易讀的小說體裁。

問君何所似？

澔平告訴過我一個小故事：他曾在印度遇上一位修行隱者閉目冥想，獨坐恆河上游湍急的水流中如雕像，結辮長髮如風霜，瘦骨嶙峋如山石。澔平一步一步靠近，想拍下這鏡頭。豈知修行者突然睜大眼睛，以英文對他說：

「你為什麼這麼晚才來？我等你很久了。」

嚇得澔平左右張望，確定修行隱者是在對他說話嗎？

修行隱者似乎看懂他的前世今生，說道：「你此生的天命是紡錘，環遊世界採集風土民情，用你一生才華去旋轉紡錘編織成線球，用文字、影像、言語、文物、音樂、傳播，至死方休。」

我當場聽傻眼，冥冥之中，歲歲年年，背負本命，任重道遠。

眭澔平的奇人奇事奇遇之多，夏蟲不可語冰，有時說了世人也不見得理解。他旅行、他拍照、他攝影、他書寫、他演講，以一己之力記錄並分享這世界。直到最近這三年，我有幸跟隨他的腳步去旅行，印證了甚多他在書中述及的真實性。我也參加了多次他擔任領隊的旅行團隊，終於在海內外親眼見識到，他真的可以在一分鐘就拉近與陌生人的距離，甚至讓語言、文化、宗教、階層完全不同的人都愛他，拉著他合影到不捨離去。經由他虛心學習的態度與敏銳觀察的能力，即使與他同樣走過眼前一條路，回到車上，他總可以跟大家毫不藏私，講述出我們沒有讀到或是錯過的故事，聽得大家嘖嘖稱奇，拍案叫好。

眭澔平在人群中白帶光環的親和力和感染力，極為令我驚艷。這使他在旅行田調中可以積累，永遠寫不完的素材、說不完的故事。

問君何能爾？此中有真意，欲辯已忘言。邀請您一起海闊天空航向世界，細讀這本書！

尤有甚者，歐洲所謂「大航海時代」和「世界地理大發現」，旋天動地影響全球至今五百年；今年二〇二四年又逢台灣開啟一六二四年展向世界海洋舞台，整整四百年。值此之故，眭澔平以「新航海時代四部曲」承先啟後，透過八萬字「看見世界海洋報導文學」發人深省，更是意義非凡。

前言

行遍阡陌路，寫盡萬言書

這一套《眭澔平看見世界報導文學創作全紀錄》，具體呈現一位資深傳媒文化人，四十年真實豐富的社會見聞與生命歷程。透過勤於且擅於寫作的文筆，以其所學的文史學歷、所做的新聞資歷、所走的世界遊歷，全方位記錄下的既是一個人的行動，也是一個時代的脈動，如何從一個平凡貧病的家庭，踏上台灣新聞傳媒和全世界行腳的寰宇舞台。

從六歲和十三歲用畫筆記錄給癱瘓母親的兩幅畫《廟會》與《笑之百態》、高中投稿第一篇登在師大附中校刊上的文章《公園：高三親情十七歲》、大學二十歲投稿第一篇登在中央日報副刊頭題的文章《青訪》開始，一直到公開招考進入電視新聞記者報導工作，同時右手撰寫知性理性專業的新聞稿與學術論文，左手則結合音樂、美術、文字與時事，抒發感性靈性寫出報導文學，在聯合報副刊、中央日報副刊、自立晚報副刊、皇冠雜誌……等持續大量投稿。長年全心投入報導文學的寫作行列，曾被推選為「台灣十大報導文學作家」，擔任「歐洲華文作家協會」副會長，直到最近仍然持續創作，並榮獲二〇二一年底第四十二屆「時報報導文學獎」、二〇二四年第五十七屆「休士頓國際影展」囊括金獎與銀獎。

眭澔平像一個透明的文化創作人，四十年來在所有觀眾和讀者的面前，不只影音文創得過十餘項金鐘獎、金曲獎、國際影展等殊榮，報導文學的寫作亦始終未曾間斷。至今已陸續出版五十餘本個人著作，留下了他踏過時代蛻變的軌跡，也忠實記錄保存下來超過百萬餘字硯田筆耕的報導文學。主題內容涵蓋求學生涯、記者採訪、新聞主播、文學創作、教學出版、廣電傳媒、音樂演藝、留學深造、義工社服、田野調查、紀實採集、行腳天下、環遊全球、探險世界……，積累出豐沛的生命能量和兼具深度、廣度、高度的見聞理念。

在報導文學的創作上，眭澔平真正持平踏實，以「讀萬卷書，行萬里路」做到「行遍阡陌處，寫盡萬言書」。所有的題材和內容都來自其真實的生活體驗觀察，不論台灣廟堂之上還是鄉土底層的社會現象，或是全世界主流文明還是原始偏遠的部落文化，盡情揮灑開闊的體驗歷練，完整留下淬鍊文字的生命足跡和真誠忠實的彙整紀錄。

在文體上，有時事評論小品、敘事抒情散文、長中短篇小說，也有人物評傳、影視劇本等多元形式；報導文學小說內容風格則涵蓋歷史小說、科幻小說、鄉土小說、新聞小說、傳記小說等等不同多變的類型。我們卻處處可以看出他充滿人文關懷的寫作風格，一本寫作初衷，從來也未曾動搖改變過。

目次

二部曲

大東亞百慕達

——看見台灣海洋

三部曲

阿里棒棒的家——看見南島海洋

四部曲

我來去龍發堂——看見心靈海洋

後紀

首部曲

巴拿馬大逃亡——看見世界海洋

大開殺戒

難道人類的歷史就是一連串交錯的「掠奪」與「逃亡」嗎？

如果說，「生命自己會找出口」這句話是正確的話，那麼這個地球上，人類的生命猶如在一連串「掠奪」與「逃亡」的反覆交替循環下，找尋爭取自我存續的出口。社會學家馬斯婁曾把人類歸納為具備五種層次的需求，從最低一級的「溫飽」開始，就是為了逃離寒凍飢渴，因而製作工具漁撈狩獵，或是彼此爭搶掠奪以獲取到皮毛食物；依次是安全、群體歸屬、獲得肯定榮譽到自我實現的需求，也都如出一轍，亦復如是。

弱勢民族面對強勢民族只有不斷躲避逃亡，求取一絲生存空間；相對的，強勢民族難免竭盡所能奴役殺戮，進行無以復加地傾軋掠奪。可能連五十萬年前，我們現代「智人」的祖先「直立猿人」，就跟比其高壯優勢的「尼安德塔人」交相爭伐、掠奪與逃亡；最後我們的遠祖竟然逆襲轉贏，讓原本處處勝出的尼安德塔人種神秘消失在考古人類學挖掘出土的斷層，至今依然糾結於不得其解的萬古歷史謎團中。

巴村血淚

我非常非常意外，一場人類學的田調研究，怎麼讓我自身不經意闖進了巴拿馬村寨，糾纏進了這一段五百年來「殷貝拉．帕拉拉．浦魯」民族逃亡血淚史的恩怨情仇？

二十六年前，我在嚮導的帶領下划著獨木舟，深入位於中美洲巴拿馬地峽陸橋地帶的村寨裡，進行整整四十天的文化人類學田野調查與口述歷史紀錄。當時的村子裡只剩下二十四個人，其中還有近三分之一人口皆因醫療落後，加上不得已的近親通婚，出現了輕微先天顯性智障或肢障，我眼見好幾個人是鬥雞眼、駢指或肌肉無力症的患者。在我的研究領域裡，這個現象從外在體質人類學的角度完全可以解釋，但不能解釋的內在文化人類學的田野調查，卻意外爆發了我內心極端激烈的衝突。

我確信自己一切平等相待，祭司長老到頭目族人也都視我為家人。但是為什麼這二十六年來，我時刻處於另一種類似「掠奪」與「逃亡」的奇幻煎熬裡，竟然有如近鄉情怯般避談這段往事？甚至一直未將獨家的第一手人類學研究紀錄，整理成民族學歷史學術論文，公諸於世……。

回到五百年前的歷史現場吧！

西元一五一三年帕拉拉族人不得已「逃亡」，躲避在巴拿馬四處殺戮土著、搜刮黃金尋寶的西班牙人。至於那群西班牙亡命賭鬼，又受困於母國高利貸貴族與債主們的「掠奪」、肆意討債迫害，被逼得走投無路，唯有「逃亡」海外加入尋寶遠征軍的船艦，方可躲避家鄉的「掠奪」者。遺憾的是，這一群人到了巴拿馬反而成為另一族更為強勢的「掠奪」者。歷史上的逃亡者與被逃亡者、掠奪者與被掠奪者，在地球上的追逐，不意結構繁衍出一段人類史詩般可歌可泣的篇章。

西元一九九六年五月到現在，二十六年過去了，試問自己：

我到底曾被「掠奪」了什麼？為何始終對這若即若離的巴拿馬又一再「逃亡」著什麼？

其實待在帕拉拉村子的一個多月裡，不知道為什麼，一向睡眠正常的我，幾乎每晚反覆做著一模一樣的噩夢，太可怕了！我彷彿親身回到五百年前的那個生離死別的深夜，帕拉拉族人被迫逃離三千年原始祖居地的「考殷巴邦」，也就是位於現在全長八十二公里的巴拿馬國際運河通航區裡的家園。

在夢裡，我怎麼變成了當時最受帕拉拉族人景仰，名叫科瑪格萊的那名地位最崇高的大酋長呢？

清晰的夢境中，我只感覺自己的雙手被反扣，身軀被五花大綁平壓在草床上，本族人習慣在腰間胯下繫遮的一條蘆葦布條護襠，正被殘暴的歐洲白人扒光。他們還故意把它綁到了我的頭上，矇蔽雙眼，意在羞辱我這大酋長的尊嚴。從那一刻開始，我看不到周遭的一切，心頭翻攪五味雜陳，沒有視覺的感官想像更加速未知的恐懼，只能窮盡伸延我所剩下的聽覺、嗅覺，特別是通體每一個毛細孔儘可能企及的，哪管風吹草動細膩渺小的任何一點點感覺。

萬萬沒想到隨之而來的，卻是比自己能看得到，更為殘酷恐怖的情境遭遇……。

鄰村的卡雷塔這個渾蛋，竟然和西班牙亡命之徒巴爾沃亞結盟，當起了我們帕拉拉族的大內奸。完全不管一五一〇年恩西索在西班牙所組織裝備起的這支雜牌兵，所謂「尋找新賽瓦斯蒂安新殖民地之黃金卡斯提利亞」的美洲新大陸馳援「遠征軍」，也就是現在正被巴爾沃亞掌控剩下的這六十七人，他們為了尋寶剽奪黃金而闖進我們帕拉拉的雨林家園，即將進行的乃是一場腥風血雨的屠村滅族，簡直就是一群不折不扣殘暴殺戮的惡魔。

對於世居巴拿馬三千多年的古老民族部落來說，這一切一切的變故實在太非人性、沒道理了！歐洲人所謂「全球大航海時代」發現的所謂他們殖民掠奪殺戮強佔的「新大陸」，根本就是我們「考殷巴邦」的傳統領地，也就是我們的家，並非無人類、沒文化的荒原。

基於文化人類學發展演進的歷程而言，從舊石器到新石器時代，老祖先同樣藉「體質人類學」上「智人」的優勢，如大拇指能製造工具、阿基里斯腱和背直肌對應骨盆而得具直立行走和長跑的能耐。通過「考古人類學」所出土的文物，證明我們先祖擅用火炙、編織、鑿闕、陶燒等技能，創作出了各種生活盅皿器具，以及漁獵農耕種植的百百款工具。在帕拉拉的歷史上，唯獨就是沒有演化製作出任何人類彼此交相殺伐的武器，勉強可以算是攻擊或防衛的工具，僅僅是那個揹在背上的細小蘆管裡，承裝著一邊鈍頭纏著野棉絮、一邊尖頭沾著雨林樹蛙毒液的吹箭。然而當面對著橫渡大西洋、乘越加勒比海而來，這群盜匪暴徒手上的槍砲彈藥，帕拉拉用吹箭與之抗衡，簡直就是以卵擊石、螳臂擋車，早就預見必然是一路節節敗退滅族的悽慘結局。

我聽到旁邊眾人放聲喧笑，應該就是那個土匪頭子巴爾沃亞指使卡雷塔，用我們帕拉拉的土語方言逼問我：

「科瑪格萊！你給我快快供出黃金的下落到底在哪裡？黃金王國的路線怎麼走？每問一次你不說，我就殺一個你的族人！還有，你們村裡怎麼忽然少了這麼多人？青壯男女他們都逃去哪裡？是不是把黃金帶走藏起來啦？」

我緊閉抖顫的雙唇，不發一語，懊惱自己為何引狼入室！昨天把遠來的巴爾沃亞奉為上賓，想拿黃金送他為禮物，換情交心，於是延請他到我高腳屋的家裡參觀。他非常驚訝我收集這滿室的黃金寶藏，頻頻追問從何而來？現在令我後悔莫及，沒想到惹來殺身之禍，怎會料到這些歐洲白人大老遠跑來巴拿馬的「考股爸」雨林河湖陸橋地區，居然正是為了逼討黃金！

的確無人知曉，五百年前人類的歷史進程，剛開始走到以歐洲為核心的所謂

「世界地理航海大發現」時期。自從一四九二年哥倫布誤以為直航到中國和印度，就可以突破被阿拉伯商人阻斷的海上商機航線，冀望直接貿易取得香料絲綢，卻意外先後登陸加勒比海的兩大島：古巴和伊斯帕尼奧拉（小西班牙島，今日的海地）。

十多年來在當地能夠搜刮的黃金早已榨乾殆盡，即使分配領地和奴隸給遠征軍船艦上的人員，也安撫不了這群急於擺脫歐洲債主卻又窮困潦倒的貪婪民怨。於是巴爾沃亞孤注一擲，決定繼續西行尋寶，果然召集到一小批人，在一五一三年再度出航，闖進巴拿馬陸橋地帶。後來巴爾沃亞還真的成為了第一個「看見」太平洋，又找到黃金之路的美洲尋寶關鍵人物。後來他犯罪奪權又殺了總督，面對即將由西班牙本土派發來的皇家判罪懲戒，只有回報西班牙國王，誑稱已經找到黃金王國的尋寶路線來翻案立功，換取一線生機。於是，熟稔南北美海陸河湖、上下交流往來的帕拉拉大酋長科瑪格萊，立刻變成了巴爾沃亞取得黃金秘密通道的第一線索，必須嚴刑逼供，全盤托出整個北中南美洲的黃金藏寶圖。

夢裡，我看到自己正親身經歷科瑪格萊酋長所有的痛苦……。

突然我聞到濃濃羶臭的血腥味。對於獵殺過美洲豹、蜘蛛猴、巨嘴樫鳥和樹懶等各種中美地峽雨林動物的高手而言，我絕對可以立秒判定，用靈敏的嗅覺分辨出是哪一種動物的血液。不過這次聞起來似乎什麼都不是！那到底是什麼呢？

他們不斷把這種我沒有聞過且令人作嘔的液體，塗抹在我的臉上，像我族傳統黑娜豹果紅藍彩繪紋身一般，他們似乎正再使用蘆葦管沾抹這些莫名的穢物，繼續塗抹在我赤裸結實的身體各寸肌膚上，恣意畫線勾勒，藉此戲弄屈辱著我酋長的威儀。竟然還塞進我的耳朵、鼻孔跟嘴巴裡，哪怕我的頭顱不斷扭動閃躲，仍遭虎爪大手猛力捏開下顎，強迫灌進液體到喉頭氣管，令我嗆燜窒息，痛不欲生。

沒想到這只是荼毒逼供的開始……。

聽到旁邊婦女的哭聲離我的耳朵越來越近，交雜著白人的嘻笑歡鬧聲，特別是巴爾沃亞訓斥卡雷塔，逼問我黃金王國路線地點的嚴厲吼叫聲。我依舊不發一語，哪怕塞入嘴裡黏稠惡臭的液體令我反胃，我絕不說出一個字，畢竟那是我誠信保守，不能洩漏來自南方大洋印加王國的黃金秘密。但是，我發現自己越來越退守到無法抵擋的底線。

巴爾沃亞啊！你怎麼可以姦淫我族人幼童，又凌虐我部落婦女，還讓她們聲嘶力竭的哀號聲，此起彼落，忽遠忽近，淒厲叫聲充斥著我的耳畔。這比我自身肉體受到戳刺刀剮，還令人髮指，意亂心慌幾近爆裂崩潰呀！

「砰！砰！砰」

天啊！這是什麼？我聽得到也分辨得出這是白人開打的槍聲，可是為何每一鳴槍聲響起，都是落在每一名婦女喊叫嘎然而止的同時？我驚嚇到一身冷汗。終於，憤慨中我聽懂了：所有被強暴的婦女，最後都被補上一槍斃命。

同樣是這顆星球上的人類啊！我們的基因DNA如果都能遠溯來自三百五十萬年前東非高原上的原始直立女猿人「露西」（Lucy）的話，「煮豆燃豆箕，豆在釜中泣」，何苦殘殺相煎太急呢？酋長不能明白的是，已經把所有得自印加王國的黃金珍寶，剛剛全部送交充公了，又何苦趕盡殺絕，如此暴虐折磨一群手無寸鐵，連「武器」都沒有演進發展出來的古文明部族。

同時，我心裡還在揣度著，那些塗抹在我臉上、塞滿我口中的奇怪黏稠的液體，到底是什麼？瞬間，我忽然搞懂了，那到底是什麼東西！

我意識到還有婦女低聲抽搐的哭聲，不斷在我耳邊響起。其實，從我一開始被矇眼綁壓在高腳屋的草床上，就聽到這種仿若蘇格蘭風笛其中一管永不間斷的「持續頑固低音」，一直低吟鋪墊著全村蒼涼的愁緒。原來當巴爾沃亞的徒眾正在肆無忌憚、無法無天輪暴村里的婦女時，凡是遇到正值月事生理期無法行房的女人，就把她們全都丟到我的身邊。

意識到這一刻，我已經憤慨癲狂到青筋暴烈、血脈賁張地大聲狂吼！

我極盡全身的力量也無法掙脫，連矇著雙眼的蘆葦襠布也被粘稠的液體沾染，變得厚重堅硬，汁液更滲入我的雙眼，刺痛到無法睜開。這些萬劫不復的西班牙妖魔惡鬼啊！竟然把村婦月事經血汙濁腐臭的排泄物，一再塗抹又塞滿我的頭臉身軀，濫用最為卑劣下流的手段繼續羞辱著我。

拿金換心

在這最悲愴的一刻，我的心底卻兀自生起一絲慶幸竊喜。

昨夜我就有一種不祥的預感。早先白天巴爾沃亞參觀完我家，佯裝佩服讚美的嘴臉，才一轉身，我目送他小心翼翼保持平衡步下高腳屋宇，才踏完鑿齒凹縫的獨木樓梯離去；就跟我的小孫子嘟寶撞個滿懷。豈料巴爾沃亞立刻反射出擊，竟把這才三歲的寶寶，像在他歐洲老家踢足球一樣順腳蹬開，翻滾了三、五公尺。小娃被嚴重驚嚇又怕又痛，一直哭到現在。

於是到了夜裡，我越想越不對勁，乾脆直接請老薩滿祭司塞爾卡緊急燃起聖火，請出帕拉拉祖靈示現指點。在旁吹奏笛鼓和敲擊樂器裡的迎靈空龜殼節奏器，突然握在手中的繫繩離奇斷裂，直接掉落熊熊火堆中，好不容意取出時，在眾目睽睽之下，龜殼竟如殷商占卜甲骨開裂碎散了一地，分崩離析如土崩瓦解。祭司被祖靈附身，只一再呻吟重複了一個字三次：

「迦藍！迦藍！迦藍！」——這正是我們帕拉拉方言土語詞彙裡的「走」、「遠去」、「離開」，也是「逃亡」之意。

身為大酋長的我，當下由薩滿祭司裁決，立刻召集五百餘村民，編隊組織每戶平均十人，由老人少兒留守村內，我指派每隊各兩名青壯男子，與各兩名具有生育能力的女人，連夜逃亡到西班牙人不敢進入的甘博亞雨林中暫時躲避，因為裡面的野獸蟲虺加上濃密瘴癘之氣，皆令外人卻步。

我千萬叮嚀他們：「你們在雨林裡必須牢記，以祖先口傳心授的野外求生絕技，一直撐著，絕對不可生火洩漏蹤跡；除非在天空看到家鄉燃起象徵平安無虞的狼煙標記，才可以回來！不然就要即刻兼程趕路，急行軍晝伏樹冠、夜出銜枚，繼續逃往西北，一直逃到我們遠祖登陸的「大南洋」（太平洋）海岸。」

身為酋長，我必須留守斷後，懇請祭司塞爾卡和父親諾達，全力輔佐我的獨子薩克奇代理並執行我酋長的權責，帶領眾人突圍逃亡，遠走他方。我的兒媳吉娜雅和剛分娩完的小孫女嬰娃尤莉、孫子嘟寶等本來都不宜同行；後來大家研議村裡的夫婦一走，嬰童無人哺育照顧，於是裁決將六歲以下幼童全數一併隨行。這樣拖拖拉拉，心不甘、情不願地連夜千驅萬趕，總算將近兩百人上路，我淚眼目送他們消失在雨林深處，肝腸寸斷。

誰知道，我永遠沒有機會再用鼠尾草配茴香葉，為族人點燃示意歸鄉安返家園的狼煙了！這一刻我彷彿又嗅吸到青青草葉上清新秀異的味道，瀰漫在我的四周，就在這腥風血雨、姦淫殺戮的高腳屋內，隨著一股恬適淡雅的氣息，時間好像忽然停頓了、歷史忽然也穿越倒轉了。

三千多年來，帕拉拉人世世代代居住在此，與無數個大小湖泊錯落安居在這片大自然的家園裡。我們從小打著赤腳、光著身子，奔跑在草坡河畔、徜徉於豐沛的雨林植被生物中，被現今世界稱譽為全地球最純淨清潔的水源區裡，我們認識所有的動物和植物，不但叫得出他們的名字，還知道他們跟人類情同手足的關係。

我們會跟它們和牠們講話，連我們要進行農耕種植，祖先都不厭其煩告誡我們：「一定要先用心靈詢問這片土地，也問每一株想種的花草植物農作。問它們說：『你願意嗎？』。」我們也被教導，練就同樣會去跟飛禽走獸，乃至蜜蜂、蝴蝶、昆蟲、蛙蛇、鱷魚……一起講話的能耐，因為帕拉拉民族永遠尊重巴拿馬「考殷爸」甘博亞雨林裡每一個不同的物種生命。即使我們要漁獵捕撈，也會在出發之際起心動念，面對敬拜的祖靈祈禱，訴說我們只獲取我們必要食用維生的部分；那些「願意」把生命奉獻給我們維續生存的動植物家人們，請自己走向我的鐮刀、跳入我的魚網、迎中我的吹箭，感恩於你們「願意」為我們族人獻出自己的生命，讓我們為你們共同延續，生生不息。

在暴風雨即將繼續橫掃滅村前的片刻寧靜裡，我忽然在這一剎那頓悟了。

我領略到我們「帕拉拉」族名的意義，那不同於世界上許多的民族會用真的「人」來稱呼自己的族群，像是台灣雅美「達悟」、泰雅「賽德克巴萊」等等；原來我們非常不一樣，帕拉拉是把自己稱為一種植物——局部染有艷彩鮮紅色斑點的一朵純白木槿花（Parara）。我們就是朵朵洋溢著和平幸福的小花，純白象徵我們的品德、艷紅代表我們的愛與熱情。無奈的是……這一刻純白象徵我們對歐洲白人的詭謀企圖一無所知，也一片空白；艷紅則是代表我們帕拉拉族人正在被屠村滅族的哀鴻遍野、血流成河，將把整片河湖海洋都染成為紅色。

終於，我堂堂科瑪格萊大酋長面對臨刑凌遲的時刻到來了！

冷不提防，一隻手的掌心猛壓住我的胸口，另一隻手的虎口同步掐緊我的喉嚨，耳畔傳來跟我與巴爾沃亞都是四十二歲同齡的卡雷塔，反覆用土語問我黃金的下落。面對他們，一個是肥壯高大、滿頭紅髮白臉的凶神惡煞，另一個比我還瘦小，長相尖嘴猴腮的內賊，令我氣到全身顫抖，心臟蹦擊到快跳出嘴巴，但我仍然一句話也不吭聲。沒想到惡毒的嚴刑狠招來了，不知道是不是卡雷塔告訴過巴爾沃亞，對於一名帕拉拉成年男子來說，從發育前的漁獵子弟成年禮就被告誡：「男人胯下的陽具，就是祖靈的屍骨牌位，當它會勃起射精開始，必須用蘆葦土布輕輕包裹，以示珍重保護，絕對不容許隨意向外暴露示人、或是私自揉搓褻玩。」

現在被矇眼反綁壓躺在草床上的我，又恍然大悟另一件事。

原來從他們撕去我的襠布開始，就是故意讓我的下體無法避免地在眾人面前暴露，旨在公開羞辱。雖然矇住我的眼睛，我也聽不懂那些白人說的西班牙文，但是我知道絕對盡是訕笑嘲弄的話語。他們不會想像到，正殘暴對待的是一個熱愛和平與世無爭的民族，帕拉拉族人甚至從未把自己當成是歐洲那種人定勝天「萬物之靈的主宰者」，反而是把自己融合進入一如佛說平等的大自然娑婆天地裡，甚至僅僅把自己就當作是一朵木槿小花的人類。

接下來，我突然感到下體一陣劇痛，我忍不住大叫出聲，卻換來旁邊這群渣男惡漢如海湧般一波波狂笑歡呼的浪潮。我感覺到他們拿了我們族人編織用的一截細小蘆葦桿，粗暴的插入了我的龜頭尿道口，令我全身顫抖撕心裂肺、肛門會陰箍勒緊縮、骨盆腹腔膛炸爆裂，終至昏厥。他們看我還是不肯招供出黃金和族人的下落，便繼續像貓玩老鼠一樣戲弄羞辱著我。

我繼續感覺被插入蘆管的下體，逐漸微微膨脹灼熱，喪盡天良的十幾隻手像我族鑽木取火一樣，輪流搓弄扭玩。那被戲弄的器官彷彿已經不再屬於我的軀殼；但是，隨之而來另一種痛苦屈辱又夾雜著莫名興奮縱情的肉慾觸感，卻如此清晰可辨，無法抗禦阻擋。我強烈壓抑這旋天動地瀕臨崩潰決堤的擺揉戲耍，想像自己赤身裸體羞赧地曝曬在眾目鑠金的戲謔嘻鬧當前，即使努力用意念閃躲奔逃，還是勒不住欲仙欲死的駿馬凌空飛躍懸崖深淵，慾潮波濤洶湧翻攪、蘆管瞬間彈炸迸裂，精血有如飛沙走石噴洩千里不可收拾。

明明同為人類物種，卻把對方神聖的祖靈生殖繁衍當成一場惡作劇，一如現代青少年把一粒曼陀珠糖果丟進可口可樂的寶特瓶內，只為了觀看那有如焰火爆炸衝射般戲謔的遊戲。

可恨的是在射精的同時，我感到睪丸被緊緊掐捏，刺激噴精濺血無法停止，直欲精盡氣絕至死方休。我又暈厥了過去，真希望自己就如此永遠長眠不起的死去吧！族人被姦淫殺戮，身為酋長的我非但無法保護大家，還遭逢如此難以啟齒的奇恥大辱，心想：還好沒有後人會把這一段羞愧的歷史據實寫進千秋丹青的史頁裡……；不過，當然也同樣沒有後人會把我們這一段帕拉拉遭逢亡種滅族的歷史記錄下來。畢竟成王敗寇，掌握話語權又能下筆寫正史的人，就是劊子手！

卡雷塔突然在這一刻佯裝好心，跑來我耳邊輕聲細語，曉以大義說：

「科瑪格萊呀！你就說出來黃金王國的路線吧！免得白人後面還有更多陰毒詭譎的刑求，看來你也是招架不住的。我偷偷告訴你吧，你們村子現在還剩下一百多人，你不要活，他們還不想死呢！我答應你，只要你供出黃金尋寶路線，讓我好有交代，我保證幫你向巴爾沃亞求情，不但把你們剩下的老弱婦孺村民全部放生，還絕對不追究你們其他失蹤族人的下落。反正他們卑鄙白人就是來尋寶黃金而已，對我們這群矮小孱弱的帕拉拉族人呀，連當個奴隸都嫌不夠資格來被役使呢！所以一定會放給大家一條相安無事的生路的。」

馬失前蹄

我是怎麼了，腦袋活像成天直率敞開綻放的木槿花帕拉拉嗎？

我在夢中繼續被攪和灌滿了蜜糖瓊漿的花蕊，變成那迷糊的科瑪格萊，浸漬於卡雷塔虛無飄渺的謊言裡，傻傻中計，供出雨林盡頭的大南洋印加黃金王國海陸直線南航的位置。

我心裡確實一直記掛著攜家帶眷的族人，想必行進緩慢心中還半信半疑，或許他們還停在雨林邊緣地帶，等我的狼煙信號呢！如果追兵一至，他們絕對措手不及，無法殺出重圍，終將必死無疑。我雖早已將個人性命死生置之度外，但萬萬不能讓留守家園的村民跟我一起陪葬啊！

隨後，我總算聽到身側的卡塔雷去跟巴爾沃亞交頭接耳，低聲嘰嘰喳喳議論，果不其然，巴爾沃亞信守承諾，大聲揚言釋放我們所有尚存的族親。同時他也宣布，這個村子橫死太多冤魂，以後不能再住人了，必須把所有人即刻全部淨空，寸草不留，不管是趕走撤離，或是燒光整個村寨，以免怨孽累世循環冤冤相報，畢竟惡靈是絕對上不了白人禮拜聖經裡的伊甸園天堂的。

聽到這裡，我雖然不知道自己是否可以獲釋？但是只要村民能夠苟延殘喘，也就繼續苟且偷生下去吧！我們祖先耕耘過、生活過，也祝福過的母親大地，不管是雨林，或是河湖，總會無時無刻也無私無止境，庇佑並護育帕拉拉的子民們。

無恥的巴爾沃亞召集村民，讓每一個族人都魚貫進入高架草屋，親眼目睹我被凌辱的慘狀，講好聽是跟我道別，其實是讓我這恩威並重的大酋長尊嚴掃地、顏面盡失，把我最狼狽赤裸裸的下體公然展示，以後我還憑什麼威儀去領導帕拉拉民族？儘管此刻我的眼睛看不到，但是我從陣陣失聲慘叫、驚呼悲泣參半的腳步聲中，全然可以清晰辨別得出，依次是村裡的誰正目擊我的窘態。

並不是走到了死亡盡頭的我，還要如此在意計較酋長頭目的身段；而是我們三千年來世居這片土地，真的無法想像後來人類的歷史發展，竟然會以打通毀滅我們的家園鄉土，變成後來的巴拿馬地峽運河，讓連通大西洋和太平洋之間，足足縮短了繞行南美合恩角一萬零兩百公里的路程。尤有甚者，在我們的方言語彙裡從來就沒有「仇恨」、「殺戮」這兩個字眼。但是，為什麼？我活到四十二歲這個年紀，卻在今年的今天的這一個早晨裡，忽逢巨變，終於逼迫著我淋漓盡致去學會了這兩個字眼。教我疼到剖肝挖心、痛到碎骨榨髓！

這竟然還不是我血肉之軀極致到最高點的苦楚……。

我努力側耳傾聽族人已經被集體驅離的同時，分辨著他們正經過工作廣場、大集會所，一路到達村口木樁上懸掛陶片的清脆碰撞聲後，村民三三兩兩，扶老攜幼，逐步走出村舍邊緣，逐步邁入雨林前方那一片沒有種植和修剪割除的茅芒草叢區。即使現在的我痛徹心扉，然而族親快要步入安全區域脫困前，所傳來的這一段窸窸窣窣零亂的腳步聲，卻仍讓我格外安心而氣定神閒。

沒想到巴爾沃亞突如其來的一陣狂笑，把我安逸的美夢瞬間徹底破裂驚醒！卡雷塔也志得意滿地嘲諷我罵到：

「蠢豬！你這個狗屁科瑪格萊，哈哈哈！英明一世、糊塗一時哦！永遠慢半拍的笨樹懶呀！你這輩子難道沒殺過樹懶嗎？你忘了我們從小玩鬧，就在笑牠們又慢又笨、又傻又善良！你拿刀挖出了牠的心臟，牠還是一臉燦爛傻笑，嘴角裂到耳根靜靜看著你，都快死了，牠還會把手中幾天捨不得吃的果子送給你嚐！」

「巴爾沃亞哪有這般禪意佛心？他已經派那六十七個爪牙，先去跟蹤這群老弱婦孺進入雨林深處。因為他老早算準了他們無處可容身，必然會去跟那批先前逃跑的青壯族群會合。到那時這一百多個誘餌就能足足幫倒忙釣出兩百多個鮮美的蝦蚌肥蟹，得來全不費工夫。」

卡雷塔得意地大笑：「哈哈哈！只消在雨林裡把他們團團圍住，放一把火，馬上就會跟要燒掉你們的村寨一樣，全部焚燬，滅族殆盡！」

我一聽到這裡，剎時五雷轟頂，天崩地裂！知道大勢已去，我開始用盡嘴巴裡最大的音量，對著村外的方向咆嘯吶喊，一句又一句發狂般獅吼：

「迦藍！迦藍！迦藍！」

巴爾沃亞雖然聽不懂我在叫什麼？連卡雷塔也不能意會為什麼我向族人高喊這三個字？他倆不容分說，立刻把我的嘴巴捂住，反被我狠狠地撕咬下了一塊肉來。我還是狂叫不止，因為我的疏忽，幾乎要害死數百位村民慘遭一網打盡，死無葬身之所，我必須不顧一切拼命補救。

這時怎知他們十幾雙手，直接把我的雙唇粗暴地撕裂扒開，一葉鋒利刀刃火速切下了我的舌頭。此刻即便我在身心上的疼痛早就忍到最大極限，但是我仍懸梁刺股般再三警戒自己：「萬萬不能在這當下昏死過去呀！因我受騙上當而連帶將遭殃的族人尚未脫困，我是死也不會瞑目的。」我無法像我們帕拉拉優雅高貴的歷代祖靈們，等不及像祂們安享天年的身後，再化為天邊那一道彩虹，世世代代守衛著我們的家園。我這巴拿馬地峽帕拉拉民族的罪人啊！血脈在我科瑪格萊任內，被蠶食鯨吞淨空歸零，正一步步被逼上歷史殲滅亡族的鋼索，風雨飄搖走向不歸路。

顯然祖靈有眼，讓我咬到的正是巴爾沃亞手掌最肥厚的一塊肉；但冤仇報復立刻對我加倍奉還、蜂擁而至。巴爾沃亞直接搬來歐洲遵奉《漢摩拉比法典》「以眼還眼、以牙還牙」的鐵律，用他那隻被我咬傷的右手上依然壯碩強硬的食指和中指，狠狠戳瞎了我的雙眼！我已經窒息疼痛到吶喊不出一絲聲音。感覺到他的兩指都已經尖戳深達我的頭腔顱內腦門，緊扣著眼窩顴骨仍無法令其銷恨。現在我這才「啊！」的大叫，呻吟出了第一聲！不僅僅由於斷舌劇痛而喊叫，即使沒有了講話的舌頭，我還有氣管、聲帶跟肺活量，仍可使勁大吼，給那群正在中計上當被追殺的帕拉拉「樹懶」去聽哪！他們怎能繼續傻傻地引領滅門血案的兇手們，開心跑去會合更多的家人親族，一起引頸受死！我不能讓他們洩漏青壯血脈的蹤跡，即使雙眼失明、嘴裂舌斷，我只用聲帶也必須喊叫到耆老族親們全都聽到！至少不能讓卡雷塔說中，我們帕拉拉族人死前還當「樹懶」，拱手給血海深仇的惡魔送上超值大禮。

他們拿我實在沒有辦法，聽到巴爾沃亞叫人拿來我們民族磨製的骨針，纏上粗糙的苧麻繩線，直接把我的嘴巴上下雙唇粗暴地緊密縫合起來，連我劇痛腫脹的斷舌血水都無從外流，以致幾度差點倒流氣管又教我窒息欲絕。

索性我終於聽到原本規律的步伐聲響改變了。應該是有人聽到了我垂死前所喊叫的三聲「迦藍」，猜出酋長蒙難，既然重複老薩滿祭司昨夜被祖靈附身當下同樣警戒的話，一定事有蹊翹。於是村民開始四散逃竄，不再朝著原本同一個方向。這時暗中跟蹤的白人黨羽被攪亂了陣腳，跟著東奔西跑，不得要領。巴爾沃亞見情況不妙，詭計被我破壞，急速下達行刑指令，緊急對窗外大喊：

「大開殺戒！一個不留！」

「砰砰砰砰砰砰砰砰砰砰！」

我已經氣如游絲，但突然聽到這如鞭炮般的槍響，不就是正在把一顆顆格殺勿論的子彈，炸裂到我的親族身上嗎？我終於崩潰狂哭，心中自是煎熬，百轉千迴又懊悔痛恨不已！怎麼又是我決策錯了嗎？把最後原本可以活命的一百多位村民，就這麼被我無心推送進了鬼門關閻王殿，我即使看不到，都能想像他們無辜屍橫遍野的慘狀。

現在的我什麼聲音也喊不出來，幾乎已經變成漢高祖呂后嫉妒折磨的寵妃戚夫人，斷了手足又被挖眼割舌，丟入糞坑的「人彘」。然而我的腦海中一一浮現方才與我一一道別的人哪！天啊！原來他們不是來哀悼我即將慘死的悲悽，而是給我機會和這一百多位老老小小的親族短聚，讓我用聽覺、用嗅覺溫存珍藏他們每一個人各別獨特的氣息，還有那匆匆掠過我身畔的音容步履……。

我的腦海乍然閃現裡面還有那麼多來不及長大的好孩子。他們跟我今天以前一樣，從未學會「仇恨」和「殺戮」這兩個詞彙，卻連自己怎麼死的？為什麼別人要他死？孩子們都還不明就裡，喪盡天良的紅毛鬼就屠殺了他們啊！只因酋長爸爸我馬失前蹄，做錯炫耀黃金的舉措，遭致橫災又禍延子孫，實在對不住了。我現在唯一能祝禱的是：希望你們一百多個冤魂，能換得另外兩百多個塗炭生靈的僥倖存活下去。或許正是祖靈的意思，為我們巴拿馬「殷貝拉・帕拉拉・浦魯」能根留最後一脈香火。

真正愚笨的「樹懶」不是我「科瑪格萊」呀！

而是你！帕拉拉民族的罪人「卡雷塔」，因為你耽溺玩火自焚！等到巴爾沃亞以夷制夷，把你利用完畢，你就等著輪到你們村子被洗劫、被姦淫、被輪暴、被屠殺、被滅村、被徹底焚燒殆盡，寸草不留後世一點兒蛛絲馬跡，讓那些未來食古不化的歷史學者，全都申請不到研究計畫的公帑經費。

我聽到巴爾沃亞離去，好像加入殺紅眼的六十七名暴徒行列，因為有人來通報，說逃走的青壯村民跑回來自投羅網了。我氣得又快昏厥，薩克奇為何不聽我的話呀！現在我怎麼聽也無法得知實情，但人聲鼎沸的哀號尖叫，似乎證明我失算了，萬念俱灰中逐漸感到灼熱燻騰的火舌正舔吻撫觸著我。巴爾沃亞果真在焚燬我們三千年祖靈護衛的家園村寨；烈焰張牙舞爪，像帕拉拉傳統祭儀紋身的海娜豹果藍汁，在我紅褐油亮的肌膚上，盡情隨極光般扭擺飛舞，鏤刻出火焰蔓藤糾葛烙印的夢魘圖騰任性恣意，踐踏蹂躪，直到吞噬掉我整個軀殼。

現在赤裸的「我」，全身通體內外上下難忍絕命的燒烤、炙熱、灼燙……。

到底……這夢裡感受的一切，是空無的幻象，還是真如的妙有？一切的一切，是醒是夢、是色是空、是對是錯、是因是果、是死是活、是「他」還是「我」？

這就是一九九六年，我在村子四十天裡每晚的夢魘。

那時年少的我在巴拿馬國際運河區西北角，靠近太平洋方向的查格雷斯河流域，划行獨木舟深入隱密雨林深處蜿蜒的河畔，終於找到了這群歷經五百年，在逃亡四十天後重建了帕拉拉人安居樂業的新家。我們應該是基於彼此所謂距離的美感，加上文化和生活上巨大的差異性，讓雙方產生出強烈的好奇心，當時僅存的二十四名族人極其意外跑出來，盛大熱情歡迎我——這個剛剛拿到人類學博士學位的新手菜鳥學者，進行了生平首次獨自一人深入原始部落的田野調查。

花了四十天生活在村寨裡，我跟族人朝夕和樂相處，第一天就順利採集記錄到第一段最怵目驚心的口述歷史——五百年前逃亡的前夕。沒想到這震撼的史實情節卻讓我從當晚開始，夜夜反覆在我夢境中清晰上演，噩夢連連。

每個睡在村裡高腳屋草床上的夜晚，我幾乎天天都被夢魘纏身，每次都是睡到全身猶如躺在不能動彈的火堆裡面一般，夢中還會不自覺打冷顫又發熱盜汗，濕了一大張床。經常深感壓抑窒息，不能呼吸無法喊叫，還會燥熱到把自己的衣服全部退去，不單齒舌咬磨刮損劇烈，連赤裸的下體都微微疼痛。

這或許就是當年我最後實在無法繼續留在村裡田野調查記錄下去的原因。於是，我心中暗自決定：等我詢問採訪完口述歷史、記錄製作好五百年前他們祖輩先人偉大的一五一三年巴拿馬大逃亡、藏匿雨林四十天，以及最後決戰絕處逢生的詳盡史料記載之後，我就一定要逃走離開。立刻結束那次橫跨一個多月、同樣四十天的田野調查計畫，頭也不回直接飛奔台灣老家。我當時的心裡念茲在茲的只是想逃亡巴拿馬，遠離帕拉拉族長科瑪格萊似乎每晚與我靈肉合一，夜夜重演家園劇變殘殺滅族前悲壯的那一幕……。

逃匿雨林

對於地球上的人類民族，在世界文化史的範疇中，如何判定其是否為一種演化先進的文明，抑或是原始初民的社會，我們透過巴比倫兩河流域、埃及尼羅河、印度河恆河與中國黃河長江四大古文明，足以得到最好的印證。後來才被普世學界認證的，還有中南美洲新大陸的馬雅、印加、阿茲特克三大文化；在中國也有近年發掘的遼東內蒙紅山、四川三星堆金沙、浙江良渚河母渡等文化。

上述文化，其中雖然有的跟巴拿馬的帕拉拉民族一樣，即使完全沒有發展出書寫、岩畫或鐫刻的「文字」，但是早已會用火與製造工具，並擁有語言人類學裡完備的符碼系統，最關鍵還在於其兼具嚴密的社會組織與宗教祭祀，這在學術界就被認定是一種「文化」。三千年的帕拉拉族正是如此，但是帕拉拉唯獨沒有發展出人類互戕相殘的武器製造，不像台北故宮三樓青銅器館裡陳列展示的，除了禮器、生活器皿到明器的「鼎、盤、壺、鐘、簋、盅、鬲、釜」之外，在武器方面也同樣具備「刀、斧、戟、鉞、錘、弩、匕、戈」，同樣三千年對比呈現，洋洋灑灑。

相對而言，巴拿馬的帕拉拉民族不僅沒有殺人的武器，甚至語彙辭源裡對「仇恨」和「殺戮」全部付諸闕如；竟然遭逢如此一朝風雲變色，血洗三千年基業、殲滅四百里家園。即使我一個外人透過帕拉拉田調口述歷史的紀錄，在五百年後都聽得嚇到心碎破膽、噩夢連夜；何況這對酋長父子身為族群存續的中流砥柱，如何因被掠奪而逃亡？又如何維續帕拉拉的血脈？必然是躊躇忐忑、步步為營。

巴山風雲

巴拿馬位於山海河湖交錯的美洲中心陸橋地帶，面臨大西洋，又在山陵雨林後，直通太平洋的門戶，因此巴拿馬風雲際會走上新世界舞台的中心；同時也因此成為兵家必爭要衝，造成帕拉拉民族一夕風雲變色，逃匿雨林的悲慘歷史。

至於，我當年不告而別，因為他們希望我能永遠留在「殷貝拉・帕拉拉・浦魯」的村子裡，好像玄奘西天取經到達西域新疆吐魯番附近的高昌國，國王鞠文泰執意要把玄奘留下來，不讓他西行。他們當時也不能理解我才完成博士學位，不只才要進入學界佔缺教學研究，即使以精神上面對每晚蒙受的夢魘煎熬，也實在無法說服自己在巴拿馬留下來。畢竟我曾念茲在茲，一直想從巴拿馬逃亡、遠離帕拉拉族的原因，實在難以對如此盛情愛我的族人啟齒——五百年前大酋長科瑪格萊幾乎每晚在夢境中與我靈肉合一，夜夜重演家園劇變，慘遭殘殺滅族前慘絕人寰的那一幕……。

其實不只如此。因為我專注於把古典學院派的人類學研究程序，配合新興史學方法論充分運用在田野調查中執行，我和酋長祭司訂好規範：每一天運用人類學專業口述歷史接續記錄，尤其探討五百年前小頭目薩克奇如何延續父親科瑪格萊的功動威儀，帶領兩百族人連夜逃匿雨林待命。後來這關鍵的四十天，就像《聖經出埃及記》摩西率領猶太苦力逃離埃及紅海，接著在西奈半島曠野流浪四十年一樣，皆為關鍵的史詩。

只是，這項研究計畫裡，後來一九九六年的帕拉拉祭司、頭目與耆老一同口述的逐日紀錄撰寫之下，竟然每晚同樣在大酋長科瑪格萊的滅村噩夢後，隨即接續在我的夢境中上演；而且還讓我繼續化身為科瑪格萊的獨子——青年才俊，勇猛健壯又俊美的小爸爸薩克奇。有很多細節比我在口述歷史所記載的，還要條理清晰分明百倍之多，彷彿是帕拉拉的祖靈跑進我的夢中，直接把那四十天在雨林裡逃亡追殺決戰的歷史，鉅細靡遺演示給我看！所以每當翌日清晨我一醒來，第一件工作必然立即抓著尚為鮮活生動的意像振筆疾書，趕緊把前一天的紀錄整理，至臻周詳完備。

我在夢中化身為薩克奇，方得深刻體會到帕拉拉少主頭目，如何用寧靜處理衝突、用溫柔化解暴力、用慈慧優雅扭轉戰爭仇殺的對峙輪迴。

以下就是我所記錄這四十天裡，帕拉拉族人在雨林逃匿求生的史實經過：

第一天已經接近子夜時分，父親要我在爺爺諾達和薩滿祭司塞爾卡的輔佐下，委我以頭目的重任，令我心喜若狂。然而，自己小小的私心仍然覺得：大酋長老爹實在是多慮了，根本就不會有什麼嚴重恐怖的事情發生的。因此一路上到處聽見各家各戶派出的青壯男女們紛紛怨聲載道，甚至責怪大酋長專斷獨裁、一意孤行又不盡人情。我本來還去安慰疏通他們兩句，但是後來抱怨責怪的人真是太多了，我也就閉嘴。沒想到這群青壯帕拉拉的氣焰更加囂張，一行大約兩百人才向西北方向勉強進入雨林邊緣不到半公里，就丟下行李家當。我好說歹說，他們全部不肯前行，堅持帶孩子們即刻就寢席地而眠。我是一丁點的威信都端不上檯面，老祭司塞爾卡和祖父諾達，就算氣得咬牙、嘴唇發紫也沒有用。小頭目我只能默默縱容大家，任其等一覺睡到天明。

第二天陽光還沒斜射進雨林，迫不及待的小童們，早已經忍不住在雨林邊叫喊著玩泥巴、抓樹葉。反倒是年輕的父母昨夜太累，有好幾個熟睡得不醒人事。我則是一夜未眠，定睛環顧警戒雨林四周。心頭憤怒吶喊：這怎能叫做是在「逃」亡屠村滅族的追緝虐殺？根本就是在「陶」醉饗宴全村野餐親子活動。

父親指派我薩克奇帶領族親逃匿雨林，我是帶著爸爸的權柄，卻沒有帶到族人敬重信任的威儀；一旦任何一個音量比我大、態度比我強硬的人站出來，我立刻就被比下去，急速變身成為沒有台詞的最佳男配角。我的心裡真不是滋味，實在無法言喻。大家這樣懶散，萬一現在真有追兵，不要說牽絆的小娃兒們一個也找不回來，連酣睡的自己都可能尚未站起就身首異處了。現在可好，嘈嘈雜雜的全都甦醒，接著竟然把所有帶出來應急的乾糧食物和飲水全給攤在地上，大吃大喝起來。竟然還全然不聽制止，毫無顧忌生火，烤起鹽漬醃燻香魚條、配上芭蕉葉裡裹著飽滿的麵包果和樹豆。各家青壯男女和樂融融，彼此歡敘聯誼，又交換美食佳餚，有說有笑，一如每年夏至六月二十一號舉辦的帕拉拉成年禮雨林野營大會。問題是這樣不倫不類，繼續吃下去、玩下去、燒下去，豈不讓所有逃難的食物，在第一餐就啃食殆盡，還處處洩露逃匿的蹤跡。

妻子吉娜亞抱著我們出生才二十天的小女嬰尤莉，餵完母奶後，把兒子嘟寶喚醒，也準備像其他鄰家擺餐備菜，伺候諾達爺爺和塞爾卡老祭司用過早餐。不意被我當頭訓斥喝止，一時不知所措。爺爺看出我的心事，合衣起身過來打圓場，囑咐吉娜亞只要先把自己跟嘟寶餵好，其餘我們三個大男人正在為整個近兩百名村民的大場子進行守護警衛的「結界」，擔心隨時遭遇到可能的偷襲突擊。

正當大夥兒談笑風生，吃到酒足飯飽，居然還有不少村民挨家挨戶一圈圈去分享多餘的食物酒水，竟口口聲聲揚言：「現在不吃完，待會兒等到平安的狼煙訊號升起召回，豈不又得重駝著費力，多搬一趟哦！哈哈哈！」

「砰砰砰！」

說時遲那時快，第一聲槍響劃破長空後，接著又是斷續單獨聲響，此起彼落的。有人說應該是在玩遊戲，一定是白人來教我們族人打靶，射擊練習找樂子，以便回報我們帕拉拉族人昨天款待他們近七十人的盛情午宴，感念那些用月桃葉編織成的杯盤器皿，堆滿成火烤溪魚配香蕉木瓜的雨林大餐吧！

一直等到約莫半個時辰過去，整個村子的方向既沒動靜也沒狼煙。老愛跟我作對的杜努魯跳出來大聲挑釁，輕率斥責我：

「優柔寡斷、婆婆媽媽，簡直不像個男人！」

更過分的是，看我隱忍不跟他爭辯鬥狠，便在他好幾個死黨的附和下，自行宣布：「全員即刻撤回帕拉拉浦魯村寨！」

他的體格比我壯碩，手臂孔武有力，一雙長腿蹦跳爬樹，優游自如，特別是杜努魯的五官輪廓深邃、線條立體剛硬、雙眼炯炯有神，比起我清秀柔和的面容，確實不像是同一個村子裡出來的男人。杜努魯用他雷電般自帶音場的大嗓門，口口聲聲說，他的爸爸艾巴路迪才是之前帕拉拉正牌的大頭目，怎麼算也輪不到我體型中等的父親。還說，原先科瑪格萊自小頗有靈性，是被祖靈揀選出來要繼承年邁的塞爾卡學當薩滿祭司的，壓根兒就不是塊酋長的料。總之，全部歸咎於巴拿馬山林裡一場風雲人物的死亡狩獵，科瑪格萊和艾巴路迪在雨林決賽打獵時，意外正面遭遇美洲獅的攻擊，高壯偉岸的艾巴路迪被撕咬斷頸而死，結實精瘦的科瑪格萊反而輕傷倖存。現在這件塵封憾事正給艾巴路迪的兒子杜努魯掀出，堂堂皇皇翻案咒罵：

「根本就是貪生怕死鬼！」

靠著這段看似臨時起意的舉措，其實或許就是他念茲在茲，處心積慮的奪權謀略，剛愎自用的杜努魯儼然正在輕鬆篡位，搶回了酋長正統嫡庶高下拉鋸中的優勢，自行宣布不再等候科瑪格萊的狼煙指示，斬斷我承繼臨危授命的正統權威直擊對壘決裂，完全不把我薩克奇放在眼裡。孰料心猿意馬又毫無主見的村民們，竟有不少人嚷嚷叫好，盡說自己的孩子在雨林裡過夜都受了風寒，既然沒有我們祖靈先輩勇猛堅毅克服萬難的本領，一眾心意已決，抉擇全跟杜努魯走。

老祭司塞爾卡兀自不動聲色，從雨林裡現場採擷出三支芒草，口中唸唸有詞拋入火中，火堆突然像被澆上了一桶隱形的汽油般，瞬間轟然高升爆裂，每個人的臉上、髮上、身上都被塵爆噴濺著碳末的粉屑。眾人掩面側目、紛紛走避，一下子把剛才僵持不下的窘迫場面暫時化解。

我還是一言不發，我願意違抗父命，把酋長頭銜還給杜努魯家；但是我堅決等待狼煙再決定去留。此刻我開始才更加百分百深信：父親科瑪格萊要我們連夜「迦藍」逃走是對的！

我之前不該對父親動搖過信心，他的靈性能量超乎我們所能想像的偉大堅定。從小我就是在他的羽翼護衛下長大，尤其當母親在我兩歲時分娩難產，妹妹的脖子被臍帶纏絆而不幸胎死腹中，一屍兩命。我跟父親相依為命，村裡的耆老都說：「凡是被祖靈揀選來當祭司的人，必定將遭逢親人橫死，才能成就其靈動感應的能力。」就像老祭司塞爾卡膝下無子，妻子嫁過來不到兩年也一病不起，聽說祖靈就鍾愛揀選這樣孑然一身的人，來擔當薩滿巫師的角色。

剛好我最不像父親的是，我從小一向不愛打獵殺生，反而像我自己的兒子嘟寶一樣，喜歡樹懶啊、鼯鼠等這些小動物。父親總是支持我，教導我不必管別人怎麼說，反正我就不會有狩獵的誤傷危險，他也避免掉入被應驗所謂「祭司家人孤苦早夭」的宿命。記得母親逝後沒多久，爸爸就被拔擢繼任為新頭目，打破了古老的詛咒。

父親科瑪格萊講過：「一名酋長站出來就要像一位帶路的領導者。」健壯的體魄、堅毅的神情、肯定的語調，這些我和爸爸都像一個模子刻出來的，無庸置疑。但是父親繼續說：「酋長更要具備尊敬祖靈、熱愛人民與生命的精神，這是需要來自一個強大的內在能量修為，而且必須時刻盈滿豐沛，擁有取之不盡、用之不竭的謙遜、柔韌與愛。」爸爸說關於這一點，他將會不如「未來的我」，真讓我搞不懂？

他說有一次眾人正要宰殺一隻面帶微笑的母樹懶，我才六歲，就跑到大人面前，一改平日的怕生怯懦，勇敢冷靜且大聲清楚地對大人們說：「你們看！牠的背上還趴著一個小寶寶，不要殺牠，讓牠餵完奶吧！」

十六年過去了，在我薩克奇這人生最長的一天裡、心頭百感交集又混亂不已，然而想到科瑪格萊，我最景仰欽佩的大酋長爸爸，頓時性靈清明，不再迷惘。

拿緝追魂

杜努魯氣燄高張，即使塞爾卡老祭司都為我做法，打了圓場，讓一路在雨林裡庇佑我們的祖靈之火，當場示現給我們看到帕拉拉正處於分崩離析危急存亡之秋。遺憾的是，杜努魯內心似乎正盤算著奪權機不可失，竟然蠱惑大家即刻反轉回村，他揚言到：

「既然沒事，當然回到自己的家園打點。萬一有事剛好也能靠我們青壯全力援救，不是嗎？」

令我汗顏的是，五十七個家庭裡有二十四個同意打包行囊啟程，其餘有十九戶也慎重考慮準備同行……。於是在一轉眼間，居然被杜魯努策動了快要四分之三的族人，陸續動身離開藏匿的雨林返回家園，頭也不回。

祖父諾達為我擔心，然而他選擇私下來提醒我，趕緊要我向親族宣布：「不論去留，無法強制，但是嚴格遵奉祖靈教誨——必須把火種熄滅隱藏，凡是睡過、吃過，或家人活動過的地方，必須各自仔細打掃清理，甚至掩飾還原成看似從來也沒人來過的樣子，以便斷除任何追兵可能掌握到我族行蹤的禍患。」

於是我們剩下的十四個家庭還必須善後，終於把所有的腳印痕跡跟炊事餘燼，用雨林碩大的猴麵包樹葉覆蓋，再故佈疑陣，把逃亡路徑位移搬往雨林西南的方向。大家累到筋疲力竭，又有五個家庭也改變心意，決定追上杜努魯率領的大隊伍返回村寨。

「砰砰砰砰砰砰砰砰砰！」

我們剩下的四十五人還是始終等不到狼煙，卻等到幾百發密集交錯的槍砲聲，大家都不寒而慄，猜測情況不妙，彼此緊緊相擁。顯然最不希望發生的事，真的被大酋長科瑪格萊料中，那些從歐洲躲債橫越大西洋逃亡來我們巴拿馬的白人，正在濫殺我們的父母子女，逼著我們帕拉拉族人趕緊依照酋長囑咐，朝甘博亞雨林深處的大南洋（太平洋）方向兼程逃亡藏匿呀！西班牙惡魔正準備全面踏平雨林、追拿緝捕，非要把帕拉拉的民族魂魄悉數趕盡殺絕，方罷干休。

村民哭的哭、喊的喊，因為家裡留守的都是老父母和年少的子女，全無縛雞之力，能夠保護家園的青壯階層卻一走了之，大家悔恨自責，哀慟逾恆，有兩戶執意趕回去搶救，怎麼勸也不聽。後來等了很久，面對帕拉拉村的方位，始終沒看到代表平安的茴香鼠尾草白色斷續圓圈狀狼煙，反而是巨大的黑氣烈焰直衝雲霄，不容分說即知，那必然是一場遭致石油燃料燬村滅族的災變慘劇。

我也完全亂了方寸，但是這一個當下，我的腦海只聽到父親一再反覆叮嚀的那三句，奔赴蔚藍大南洋的語詞不斷跳出來：

「迦藍！迦藍！迦藍！」

我大聲堅定告訴剩下的三十二名族人：

「心無旁鶩，尊奉祖靈和大酋長的話，其餘什麼都不要再想了！請冷靜堅定，識大體為重，保留住帕拉拉民族最後的這條血脈，逃亡奔向大南洋吧！」

「父親告訴過我，所謂黃金之路其實有三條——東北往馬雅、正北往阿茲特克、西北陸路接海路正南直通印加古帝國。前兩條事實上都在白人阻擋的勢力範圍邊緣，我們過不去；當下最遠、最苦、最危險的就是逃往西北，沿著蜿蜒的查格雷斯河到達出海的盡頭。我們必須加緊伐木鑿船，桴海南去就有生路。」

我的行囊裝載的都不是些乾糧食物，而是揹著三套施工獨木舟，以及搭建高腳屋必備的斧鑿鑽鋸工具，不必父親提醒我早已未雨綢繆，出發前即先預做了妥善萬全的準備。看來現在快要運用上了！

眾人心有餘悸，晝伏夜出，一連在雨林深處趕了近十天的路。三十二人急行軍，雖然看不到追兵，但是大家的心裡都是萬分沉重。每個人拖著抄家滅門的血海深仇前進，腦海裡積極努力地想好好學習以往最陌生的「仇恨」和「殺戮」兩個新語彙概念，卻連「凶手」跟「屍首」都還沒有看到過！要我們如何去憑空演進想像、揣度訓練自己這樣善良敦厚的原始民族去學會，使用外面世界所謂先進文明那種渾然天成的「仇恨」決心報復，去手刃撕裂一個與我們一樣的人類假想敵，毫無惻隱猶豫便去加以殘暴「殺戮」？

不過，我還是不懂：帕拉拉民族連面對傻笑迎人或是背上揹著嬰娃的樹懶，都會聽我當年只是那個小毛頭斥責而把牠放生；如此這般情何以堪，怎麼可能去想像殘酷的現實——難道地球上存在著變種人類，會用幾百發的槍炮子彈和熊熊烈火，對付我們拿了那麼多果子給他們吃的善良村民，竟可狠心把我們像樹懶一樣，全族被無差別剝皮屠殺殆盡？

真是難為了我們帕拉拉民族，一群「最文明善良的原始人」；對比起巴爾沃亞之流，那些正是恰恰相反的「最原始殘暴的文明人」。

儘管大家口中不提這份迷惑，卻共同悶吞在三十二人的心裡，盪漾迴旋衝至最高臨界點的時候，一連五天我們終於陸續巧遇到留在村裡唯一倖存的活口，還有先後折返的族人，剛好解開了大家心中的困惑疑竇。

其中最機靈的小布西才九歲，聰慧的臉上仍然流露幾許驚恐。他說，他是躲在銀葉板根巨木的樹洞裡面，懸空往上爬到漆黑的樹腰內側部位，才逃過一劫。當時白人有用手伸進樹洞裡面開槍，還好隨後鑽入的巴爾沃亞是個肥碩的大個子轉身不易，他受傷的右手伸進狹小空間，扭動手臂再射擊了一次，角度偏差，讓子彈卡在樹幹裡；外加樹洞內外光線明暗落差極大，造成抬頭查看的瞳孔來不及適應放大而暫時失明，沒發現躲在他頭頂的小布西。但是回憶起當時躲在樹洞裡被放槍，那可是擴大十倍音量的抨擊聲，還是把小布西嚇得屁滾尿流，差點跌下來。但他不爭氣的尿失禁一泡炸開，尿液便從他的褲襠沿著溼透的蘆布條，滴滴答答像水濂洞裡的清泉往下撒！還好巴爾沃亞以為是樹藤裡湧出的甘泉，正好口渴吸舔了不少童子尿，誤以為鹹鹹的滋味，是自己皮膚上被溶解的汗漬。

大家歡喜重逢，慶幸劫後餘生；然而小布西話鋒一轉，立刻讓所有族人陷入愁雲慘霧裡，抱頭痛哭失聲。他轉述了最後看到村裡留守的婦女，不分老少，被巴爾沃亞跟那六十七個壞蛋，一個接著一個拖到帕拉拉浦魯村內的廣場慘遭施暴凌虐，連想要上前搶救的老人，個個亦被揮刀割喉或開槍射殺。他還說大酋長科瑪格萊如何為了保護他們，不得已說出黃金王國的路線地點，卻在道別時目睹他雙眼被矇住，全身赤裸，到處都是污濁的血漬，還被羞辱地反綁在草床上，折磨到生不如死。後來，突然聽到酋長在高腳屋內傳來向大家警示高喊三聲「迦藍」，一百多個村民立刻做鳥獸散，卻被無情掃射，可能只剩他一個人活命。

至於，幾批陸續隨杜努魯離去返村的數十個家庭，他們在途中就集結相伴，一同快樂賦歸。誰料到，這麼多人最後逃脫的只有一對二十歲中等身材的夫妻土佐和烏瑪；還有跟哥哥亞俊衝散，面容白皙姣好的另一名十六歲女子秀拉。

他們三人則繼續講述了另一個視角的驚悚見聞：

「才到村口不遠，就聽到可怕的掃射槍聲，還有哭喊的哀號，本來察覺不對勁而想轉身逃走，但杜努魯不准大家退縮，逼著眾人應當禍福與共，飛蛾撲火般營救親人，結果下場竟是全員被圍剿殲滅在村口。孩童嬰兒的哭聲響徹雲霄，喪盡天良的巴爾沃亞毫無惻隱憐憫之情，下令黨羽把汽油澆在他們的身上，同時也淋灑到

『般貝拉・帕拉拉・浦魯』三千年安居樂業的屋宇房舍，轟隆一燒，全數付諸一炬。要不是健碩的土佐先把妻子烏瑪、兩個月的嬰兒，以及鄰家的女子秀拉，一起速速埋壓在其他屍體的下面，自己則輕巧爬到樹梢躲藏，才僥倖逃過殺戮。然而土佐鳥瞰到整個滅村慘劇，將成為他永遠抹不去的傷口；特別遺憾的還有被悶壓太久，他才兩個月大的嬰兒竟死在母親的乳房中間。」

說到這裡，夫妻相擁暴哭，不能自已。烏瑪口中一直念念有詞：

「我們連名字都還來不及取啊！我以為寶寶還在胸口吸吮我的奶水，怎麼一下子就沒了呼吸心跳，連皮膚都脹得青紫了呀！」

現在我們三十六個人，面面相覷，大家的眼神共同流露出同仇敵愾的堅定，彼此心意也緊緊相連，互相牽繫。此時祖父諾達和老祭司塞爾卡對看了一眼，欣慰地點點頭，他們也逐漸了解為何那晚有如悉達多太子「夜半逾城」的託付，會由科瑪格萊大酋長指定交付重責大任給獨子薩克奇。原來他自己雖然不是像爸爸能當薩滿祭司的料，卻與生俱來擁有一種溫柔療癒、撫慰人心的靈能力量。即使薩克奇的個頭並不高大壯碩，面容也生得柔和俊逸，少了科瑪格萊莊重顯赫的威儀；然而經過銜命逃亡近半個月來，跟隨他的子民卻是心悅誠服，充滿信任與愛戴，任何人都深信：他絕對會是率領帕拉拉民族中興再生的明君，毋庸質疑。

薩克奇和大家相擁在一起，大聲地說：

「現在開始，我們三十六個人一條心，一個人也不能再少了！我們要突破巴山重圍，無懼追拿緝捕的暴徒匪類，我們繼續往大南洋邁進，逃亡到甘博亞雨林外最新的平安樂土，重建我帕拉拉民族魂！」

馬到功成

「哎呀呀！地上怎麼有血？雨林裡一路滴過來的血，是誰流的？」

此時一直沉默不語的秀拉才低聲應道：「是我背上的刀傷……」

她的臉色極為蒼白，現在才知道是她假扮屍體，俯身護在烏瑪母子背上之時，由於她的皮膚水嫩被歹徒相中，本來已經聽到有人在解褲帶意圖姦屍，突然飛來了好多惱人的屍蟲蠅蚋而令其倒胃口作罷；但是掃興離去時，任意在這以為的屍體上面揮刀一劃，立刻鮮血直冒。秀拉當下是痛到幾近想跳起來抵抗，但是知道如果不忍，她和烏瑪母子會死得更慘；那時爬在高高樹上的土佐，將會目擊最不能承受的人倫慘劇，自己也無力回天。所以，土佐打心裡對這鄰家小女子忍痛裝死的耐力，萬分感佩。既然寶寶死了，他們夫妻就一路扶著秀拉逃到這裡。

聽到這裡，薩克奇臉色大變，幾乎嚇得快暈過去，他趕緊對眾人分析目前大難當頭，面臨生死存亡的關鍵。

「我只在怕……巴爾沃亞會循著蠅蚋飛覓沿路的血跡，來追蹤到我們！即使我們一路謹守祖靈教誨，堅壁清野，不留任何蛛絲馬跡，但只要一個小疏忽，就可能讓我們帕拉拉民族再一次被趕盡殺絕。」

其實，在夢中的我疊影到了薩克奇的內心世界，使我深刻領悟到：真正考驗薩克奇領袖氣質和頭目智慧的課題其實現在才悄然降臨。他那種與生俱來就擁有佛心的仁愛敦厚，是否能讓這個苟延殘喘僅剩三十六人的帕拉拉族，迎刃而解所有的難題呢？

如果帕拉拉民族還是由當年一代酋長領導，也就是杜努魯父親艾巴路迪，那高壯偉岸有如「項羽」的「西楚霸王梟雄」；或是薩克奇父親科瑪格萊，那堅毅強大有如「劉邦」的「漢朝開國明君」，必皆恃才傲物，顯現其觀察入微的明智果斷，慷慨激昂地盱衡情勢。他們絕對會氣急敗壞，先開口大罵那個隱忍刀創失血過多，粗心洩漏蹤跡的十六歲無辜女孩秀拉，加上責備剛剛歷經喪子之哀最悲慟的二十歲年輕小夫妻土佐和烏瑪。兩位老酋長難免會在潛意識處處襯托自己英明睿智的同時，不自覺地把這三個所謂「民族罪人」孤立分化到無地自容，任其不免遭受其他逃亡親族的唾棄鄙視。如此一來，勢必讓方才稍稍團結凝聚的部落士氣，立刻崩解消沉。如果這樣，被西班牙暴徒滅村追殺的雨林逃匿之路才十三天，這未來剩下的路可是要怎麼走下去呀？

果然歉疚的秀拉率先發難。她向族人深深致歉，並表示她願意留在原地當誘餌，一方面等哥哥亞俊來會合，另一方面她的血漬不會再向前進，蠅蚋將爬滿她的全身，就算白人大軍殺來將她拷打折磨，輪暴凌虐，她也不說一句。若眾人不信，她願當場割下舌頭以明志，寧死謹守族人逃亡行蹤之謎。

此時，薩克奇還在深思並未多責備一句，反倒是他溫暖真情的眸子看向秀拉，理解和感激，竟然正藉慈慧雙修為這重創瀕危的群體療癒著，把這原本必然爆裂內訌的衝突場面，四兩撥千斤迎刃化解、消弭於無形。

頗具俠義精神的土佐跳出來說話了：

「秀拉是為了保護我的妻兒才受傷，雖然小寶寶沒福氣跟我們一起逃亡，但她已經是我夫妻倆的家人。我們願意陪她留守在此至死，就當我們三個人從未曾遇見過你們啊！必要的話，我和烏瑪也願意割下舌頭保密，以取得村民的信任！」

這時人小鬼大，古靈精怪的小布西，別看他才九歲，滿腦子都是些光怪陸離的小聰明點子，面對這題看似將會無解的兩難一元二次方程式，他倒是提出了一個兩全其美之法：

「不必不必！你們大人總喜歡慣性地把所有『簡單的事情複雜化』！應該要像我，一個人一路風聲鶴唳，能逃到這裡跟大家會合，全都靠我把原本『複雜的事情簡單化』。」

「第一個要剔除的就是情緒化濫情的牽絆！也許因為我從小就是孤兒，每一件事情我只能在你們每家溫暖團聚的屋宇燈火外，自己跟自己商量。所以我沒有時間，也毫無機會等人來跟我兒女情長，義薄雲天，只有自己先拋開情緒就事論事，排列好接下來每一步該走的重點順位。」

小布西真是祖靈派遣來的天使，雖然將來絕對沒有任何歷史學家會記錄、紀念到他，但是在這一刻帕拉拉民族存亡之秋，他遠超過那名「比利時尿尿小童」澆熄火藥引信救了全村性命的義舉。即使小布西也不會被後人建個無聊的銅像來膜拜，但是他這一席話振聾發聵，像盛唐魏徵給皇帝的諍言一樣，足以千古不朽，足以為讀史之殷鑑、處世之錦囊。

小布西繼續說出建議的方法：

「首先我們趕快幫秀拉姊姊清創傷口、包紮止血，那些處理下來骯髒污穢的東西，乃是金頭蒼蠅最愛的寶物。我跑得飛快，我會把腳底綁上棕櫚葉和麵包樹葉，踩出另一條折往相反的方向，假裝是群體踐踏過的逃亡路徑。我還會沿途丟棄血肉穢物，讓蠅蚋誤導壞人追錯方向，大家不就都可以脫身了嗎？誰也不必慷慨犧牲的。」

「但我們跑了，那你怎麼辦？等你沿原路回程的時候，萬一跟壞人的主力搜索殺手大隊撞到，你將小命不保，死路一條！」秀拉感動地握住小布西的手，說出她的擔憂。

她不知道這一刻，人性最可貴的利他光輝價值，正因著她的傷，如此旋天動地把帕拉拉族群最後的香火悄悄凝聚在一起。村民全部聚集過來，大家環繞在他們和薩克奇的四周，彼此同舟一命，休戚與共，絕對不任意怪罪怨恨任何一個情同手足的族親、也不哀嘆悲慘的命運遭遇，甚至於已經不再那麼痛恨荼害帕拉拉族、逼迫亡命絕路的歐洲白人。

他們在人世的苦難中，逐步學會了寬容的慈悲和英明的智慧。現在正是薩克奇站起來領路，像個頭目酋長的樣子，對族人說話的時候到了。大家醞釀到了此刻，一同等待小酋長開口決議裁奪，看看薩克奇能否兼具「西漢武帝」開疆闢土的雄圖大略，又兼有「東漢光武帝」中興復國的智慧膽識！

「我說過帕拉拉村現在只剩下三十六個人，此刻開始，一個也不准少！我們都是祖靈教誨所說的：『你是我的眼、我是你的手、他是我們的足。』我們就是共同生命體的內外與共、各司其職，相輔相成的五官四肢、內臟器官到肌肉骨骼、氣管血脈。我們沒有互相推諉責怪的本錢，只有像你們剛才那樣相濡以沫的精神情操！

大家處處為對方、為群體著想，哪怕犧牲自己，顧全大局也在所不惜！」

看到大家屏氣凝神聽訊，薩克奇繼續說：「小布西說得對！誰都不必做無謂犧牲！我們應該把當前看似複雜的難題簡單化。第一優先順位就是活下去，也為我們『殷貝拉・帕拉拉・浦魯』瀕臨滅絕的三千年古老民族，能在『考殷爸』地區找到安全的新家園。現在宣布我的策略是：『將計就計，反守為攻』，我立刻來編組分工，大家火速展開，事不宜遲。」

就在此時，突然一隻皮氏跳蝮蛇從草叢裡向人群跳出，嚇得大家驚慌失措。牠可能是被秀拉傷口的氣味給引來，還好這種蛇的毒性不強，幾乎所有「考殷爸」地區的帕拉拉族人，在這一大片統稱為甘博亞雨林裡面活動時都曾被牠咬過，特別是牠能跳躍自己一米身長的一兩倍高度，所以不易被獵捕。這倒是給予薩克奇一記出奇制勝、馬到功成的靈感。

「我所謂的『將計就計』，就是現在我們必須因地制宜，聯合我們族人最熟悉的雨林生態萬物一起製作陷阱；『反守為攻』就是嚇阻暴徒，怕踩地雷一樣不敢再往前進追殺。畢竟我們花了十幾天，才千辛萬苦逃到這雨林中心裡唯一的小潭水沼地。雖然解決我們飲水的問題，但也絕對是敵方輕易鎖定的目標，這裡更是各種雨林動物共同生活的天堂。」

「因此跟有沒有血液蹤跡被鎖定，壓根毫無關聯，不必歉疚！我們反而還要感謝秀拉和土佐夫妻，你們巧合把敵人引過來，這樣我們才能集中戰鬥爆發力將計就計，反逃反守為攻讓他們吃足苦頭，嚇得不再追殺。大家從此井水不犯河水，他們繼續找他們的黃金，我們繼續我們的安居樂業生生不息。」說完，大家眼底久違的希望之光紛紛顯現。

於是，薩克奇小頭目開始清點人數，打散編為三組分工：男人組十三名，他自己也編隊在內，由老祭司賽爾卡領軍；女人及背負嬰幼組共計十七名，由諾達爺爺發落；孩童組三名則自然推小布西帶頭。

小孩先去沼澤地抓劇毒金蛙和超級迷你的指甲片箭毒蛙，裝好在婦女編織的棕櫚葉草包盒裡備用。小布西被囑咐快去蒐集吸血鬼水蛭越多越好，他要在諾達爺爺協助下，學習用老祖先清創刀傷的古老傳統絕技，幫秀拉姊姊加速復原。正在哺乳的婦人必須輪流擠乳汁到姑婆芋葉包裡，交給老祭司誦唸祝詞，奉上獻祭祈求祖靈庇蔭，清洗塗抹傷口後貼滿水蛭，吸清穢物，好讓秀拉潰爛腐敗的傷口儘速復原。

另一方面真正的重頭戲落在薩克奇在內的十三名勇士身上，他們以矯健的身手，充分運用薩克奇 路負重揹扛的三大套斧鑿工具，原本是為將來新家園準備挖獨木舟、建高腳屋，此際剛好用來拉出一條火線，前方開挖十三個超過白人身高體型的陷阱洞穴。接著在雨林中撿拾斷枝樹葉，集中到火線後方，每一名婦女協助一名開挖的壯士，把廢土陸續搬運清理到火線後方正中間，最後堆疊為顯眼的大目標，上面最後用摩擦打火石點燃篝火，族人全都爬上後方高大茂密又不沾蛇虺毒蟲的黃檀木隱身躲藏。這樣除了血蠅帶路引導追兵至此，同時再藉營火濃煙竄到樹冠之上，更能把匪眾全部吸引過來，一網打盡。

此外，婦女孩童兩組也不空閒，老爺爺做給他們一人一支頗有韌性的箭竹桿，前端套繩一鬆一緊，即可輕易捕捉甘博亞雨林裡最毒的兩種蛇：一種是掛在樹上跟葉子一樣鮮嫩青綠保護色的「側帶棕櫚蝮」，專門喜歡鑽進人類溫暖的衣物裡開始啃噬，把人肌肉吃光形銷骨毀；還有一種像極了台灣百步蛇配上鎖鍊蛇劇毒的「三色矛頭蝮」，牠的巨大三角矛頭上有了一張血盆闊嘴，若被牠的兩隻大毒牙咬到，最快五步凝血而死。

等到螺旋佈陣的洞穴陷阱完成，賽爾卡老祭司延請祖靈庇佑族人平安以外，開始施法念咒，完成四境護持結界，昭告不相干的動物和無辜的人不致誤闖受傷。我們帕拉拉族人只是聯合同樣如手足家人的雨林地理生物；因為我們會跟祖靈說話、會跟雨林說話、更會跟生靈萬物說話。請他們來幫忙，一起消弭壞人無限上綱的「仇恨」和「殺戮」；教導那些人學會「尊敬」和「愛」這片土地上所有的生物。

正當孩童把箭毒蛙和金蛙交給完工的男人組，十三人立即熟練地削起了尖細的竹枝，並且沾上蛙背上豔彩的蓄膿毒汁，準備做為藏身在樹上自衛以及保護婦幼的最後防線。

婦女們把抓來的毒蛇一條條在放進陷阱洞穴之前，交給老祭司的薩滿舞蹈攫住了眾人的目光。只見他平伸展開雙手，瘦弱的雙臂晃動著鬆垮的肌膚，繞著這一群原本扭動掙扎的蝮虺毒蛇，雙腳併攏上下跳躍，像一隻穩重滑翔的老鷹。對了，這個就是帕拉拉祭典最常展現的「神鷹舞」。說也奇怪，蛇群瞬間靜止安詳，不再扭擺掙扎抗鬥，讓小孩與婦人可以為牠們輕鬆解開繩套，暫時安置在十三個陷阱洞穴裡，牠們彷彿也充分理解到自己分配受派的任務。

就在此時祭司還在跳著薩滿舞，吟誦的古調越來越高亢，忽然幾名婦女驚聲尖叫，本來以為是白人的大軍壓境，那就來不及用枝葉掩蓋陷阱了。出乎眾人預料，竟然驚睹火線大後方的沼澤區，大搖大擺走來了三隻兇猛的凱門鱷，中間的那隻看似前所未見巨大的超級鱷魚王。眾人紛紛爬樹躲避，塞爾卡老祭師一面跳著老鷹舞，一面示意村民無需驚慌，也不要干擾鱷魚老祖宗的行徑。剛才眾蛇似乎被牠們的自然天敵神鷹舞所震攝，而乖乖聽從指揮；現在鱷魚卻像和老鷹組成了各自稱王，獨霸天地一方的「鷹鱷聯盟」，在最緊要的關頭，自己一隻隻跳入陷阱的土洞中，共同叫喚出大自然對於威脅雨林生命的那些罪魁禍首進行反撲——請先領教我們「殷貝拉・帕拉拉・浦魯」祖靈和巴拿馬甘博亞山巒雨林，世代和諧相處、永續共存共榮的盟約。

「嗚嗚嗚……」

村民被眼前奇幻的景象還沒回過神來，居然聽到立下大功，一直氣定神閒、指揮若定的小頭目薩克奇輕聲嗚咽起來。這一段哭聲在我的夢裡卻是震天價響，而且那一刻在夜夜折磨我的夢境之中，讓我跟薩克奇才真正完全靈肉合一、感同身受。我體悟自己就是那個面對國仇家恨，即將帶領大家背水一戰的男人，而在決戰前夕片刻的寧靜中，惶惑的心思念起父親被虐殺的哀慟。但是周遭的人都不懂，他們推崇薩克奇勝任最佳領導的酋長，連毒蛇鱷魚皆眾望所歸，加入戰鬥行列，一切至此做好萬全準備，即將大功告成，應該是喜極而泣吧？

不是的。只有我懂——在老塞爾卡祭司的薩滿老鷹舞步中，其實我親眼目睹到小頭目薩克奇原本被揀選當祭司的父親科瑪格萊的身影呀！從小薩克奇就常常看到塞爾卡在嚴格訓練爸爸。這一段「神鷹舞」必須連唱帶跳，而且步伐要時而停頓靜止，像神鷹優雅滑翔；時而迸裂爆發，像神鷹俯衝捕獵……。

至於現在眼前音容猶在的酋長父親卻為了全族命脈而犧牲自己，鎩羽而亡天人永隔，這才是悲從中來的原因。

亡命天涯

三十六名帕拉拉族人大大小小爬上最不沾蛇虺的高大的黃檀樹上藏身，已經安靜地等待了五天，對壘決戰的時刻終於來臨。

甘博亞雨林裡傳來鼓譟的聲響，焦躁的白人在巴爾沃亞的率領下，這六十八人烏合之眾早已不耐煩，見鳥就射、逢獸便殺，把雨林裡兩萬種昆蟲、三千種飛禽與八百多種動物，驚擾恐慌地猛跳亂竄。一路上巴爾沃亞果然自作聰明，下查蠅蚋飛舞叮食的血漬、上觀埋鍋造飯升揚的炊火，自以為掌握依循著帕拉拉族人亡命天涯的線索，追殺來到水源地。

當他們一步一步近逼螺旋佈陣的陷阱火線時，熄滅多時的篝火突然自燃起來，愈燒愈旺，安放在高高的土堆上甚為醒目，好像是在祭奠著帕拉拉浦魯殉難的五百位村民。說時遲那時快，一隻身手矯健的大公鹿，忽然橫向衝出雨林，停頓在他們大軍的面前，竟然還慢慢吃草、逐步走進了我們的陷阱區。

這時真是急煞我也，因為我們三十六人躲在樹上，每人手握一支長長短短的吹箭，屏氣凝神暗中仔細注視觀察，幾乎天時地利人和，萬事俱備，怎麼現在快到臨門一腳之際，卻殺出一隻「程咬金」！要是牠誤入我們苦心結界挖掘的陷阱區，一旦摔跌下去，立刻前功盡棄。更何況狡猾奸詐的巴爾沃亞身經百戰，此時他有如司馬懿正狐疑著，眼前如時空挪移，怎麼出現了三國諸葛亮的「空城計」？他制止大軍前進，並全部舉起槍械、扣上板機，直覺前方如高高城池的火堆四周必然有詐。

不敢相信，天助我也！雄鹿頂著華麗的龍角，果然不偏不倚躍入陷阱區，還左踼右蹬，輕鬆彈跳而過，竟然沒有踏到螺旋排列錯綜複雜的十三個陷阱，安然穿越後，再飛奔進入另一頭的雨林，無影無蹤。

巴望春來

此時，巴爾沃亞一行人終於卸除心防、垂下槍支，邊歡呼雀躍，邊向前奔跑。我們族人真是感恩莫名，原來在這個節骨眼出現的危機，竟然是致勝關鍵的轉機！成就了我們引領翹首，巴望春來的好時光，救星就是我們雨林家園兄弟姊妹裡，俊逸斑爛的一隻大公鹿。將來希望有人在書寫我們巴拿馬帕拉拉歷史的時候，不要只是八股的，僅將巴拿馬城和巴拿馬運河載入史冊；去宣揚歌頌什麼：「巴拿馬城是西班牙人後來統治的拉丁美洲新大陸，其所建於整個太平洋沿岸的第一座城市，她的堡壘砲台何其雄偉……」、「巴拿馬運河最早創建的構想是來自西元一五三四年，當時那身兼神聖羅馬帝國君主、睿智偉大的西班牙國王……」

為什麼沒人記錄過我們帕拉拉真實的歷史，跳出來的這隻「護國神鹿」呢？

「啊啊啊！哎呀呀！痛死我啦！救命啊」

「什麼鬼東西在咬我啊！救命啊！」

「好疼啊！我不要死在這裡！」

只見六十幾人就有一半多，三三兩兩，互相拉扯，跌入陷阱，蝮蛇和凱門鱷等弟兄姊妹把這群惡貫滿盈的凶手一一繩之以法。面對這群凌虐殺戮我們善良村民的惡棍，我們三十六人同時萬箭齊發，把沒有摔落陷阱的匪徒，也噴得像扎針灸一樣，刺了滿臉全身都是吹箭，紛紛落荒撤退；連跌入陷阱又死命爬出來的白人，也帶著滿頭包的箭蛙神經毒逃之夭夭，有的衣服褲管裡還鑽進了側帶棕綠蝮，一路哀號，一路逃跑。只剩巴爾沃亞不動如山，即時找到大紅杉樹幹隱身，而且眼明手快發現樹上的薩克奇，正舉槍瞄準預備一槍斃命。霎時嚇得連我在夢中也跟著無法呼吸。

此時不知哪裡砸來了一塊粗磨的大石錛，正中巴爾沃亞的槍管，力道之強，連槍支都被打到地上，或許因為他手上被老酋長科瑪格萊咬掉的那塊肉，讓他握不穩槍桿吧！緊接著另一個方向又迴旋甩來一顆石斧，直接敲擊上巴爾沃亞的後腦門，讓他冷不防向前踉蹌翻跌，一股溜地竟然巧合踩空，直接摔進薩克奇挖的那個最大的陷阱洞穴裡，撞個四腳朝天。只見在裡面久候多時的大凱門鱷魚王，一張大嘴直接從他的褲襠咬下去，直達肥肚腩，痛得他哇哇慘叫。

這時村民依序爬下樹來，驚喜發現原來剛才暗中擊石救薩克奇的，就是失散多時的杜努魯，和秀拉十八歲的哥哥亞俊，大家相擁而泣。杜努魯慚愧地跪下懺悔，他自責不該搞內訌，還把一百多名族人帶走送死。薩克奇則寬容延請他和自己共同領導，未來帕拉拉真正得以安居樂業、春暖花開的新桃源。這時我的心裡真是快樂無比，因為我好像親身參與了帕拉拉族人們保家衛土的沙場奇功，不只最後的遺族三十六人，一個人也沒有少，現在還多了兩位強壯健朗的生力軍，共同組成帕拉拉浦魯三十八人的生命共同體。

「啊啊啊！快救我啊！我是堂堂大西班牙國王任命的巴拿馬全權總督啊！黃金我都不要了！我是第一個看到太平洋的歐洲人，又有什麼用啊！原來派遣的總督佩德拉里亞斯還討好我，講好要把他西班牙的閨女許配給我，而她正在搭船前來這裡跟我結婚哪！現在我又為國王找到了印加黃金路線，一切前途大好，我不能死在這裡啊！黃金都還給你們，我什麼黃金都不要啦！痛死我了……快快救我啊！」

族人費了九牛二虎之力才把他拖上來，不只因為他的塊頭大，還滑稽地在褲襠上，牢牢夾帶著一支巨型的凱門鱷魚王。鱷魚的咬合力是人類的一萬倍，而且一旦咬上死也不放；當牠一起被拉上來之後，立刻動若脫兔，表演了鱷魚最拿手的絕活「死亡翻轉」，把巴爾沃亞折磨著痛不欲生。

這時一路跟蹤他的杜努魯和亞俊嚴厲斥責他，因為他們親眼目睹自己幾百名的親族如何在他手下慘死；接著他又把利用完鄰村卡雷塔的村民，同樣加以姦淫凌虐、燒殺擄掠、屠村滅族。因此帕拉拉族人一致要求小頭目薩克奇血債血償，殺他千刀萬剮，也不足以洩憤。

薩克奇和老祭司塞爾卡四目相對，似乎彼此心領神會，接著他們出人意表地走過去。此時，在夢裡的我，面對這歷史性關鍵的一刻，真是緊張萬分！我是應該幫父親和族人報仇嗎？還是應該用寬容原諒，當下即刻終止任何一場冤冤相報的業力輪迴呢？我慶幸薩克奇在這歷史的分水嶺上，做出了最為明智的抉擇。

一片凝重的沉默中，大家的心理都在糾葛煎熬，老祭司又開始吟詠，亦步亦趨跳起了「神鷹舞」。這次是繞著以凱門鱷魚王為中心的圓周，薩克奇看見面對死亡，已明瞭毫無轉圜生機的巴爾沃亞，走過去並沒有對他殺戮打罵，只是凝視著他的眼睛。

我在夢中竟然完全學會這種超越語言文化，個性思想上的溝通理解，只有我聽得到薩克奇心底的呼喚；也覺知垂死的巴爾沃亞，也正用心靈在寧靜敦厚中專注傾聽：

「你珍惜鍾愛自己的生命，請你今後也學習珍惜鍾愛別人的生命。我們帕拉拉人不要你的黃金，只要能夠尋得一塊安居樂業的地方，跟所有雨林裡的動植物兄弟姊妹在一起，永遠生生不息就好。」

巴爾沃亞似乎宗全聽懂了，他熱淚盈眶，放聲大哭，下定決心終生永遠不再殺一個帕拉拉人。雖然他不能預知後來自己被西班牙國王下令送上斷頭台；但有生之年，這次他的痛改前非，竟然不是來自冤冤相報、以暴制暴的成王敗寇；而是曾經被他輕易屠殺像樹懶一樣善良的動物，不但教會他人類可以存在沒有仇恨報復，和爭奪殺戮的社會以外，更讓他學習施予寬容的愛，才是比擁有黃金更大的財富喜悅。

老祭司摸摸鱷魚頭，竟然凱門大鱷王就鬆口了。阿爾沃亞磕頭叩謝，拖著受傷的身子緩緩離去。大家一句話都不用說，所有的村民和我，也都在五百年前這一次滅族的歷史事件中，學習到了如何綻放人性的美德光輝，至此沒有讎敵「掠奪」，也不必再「逃亡」追殺。

拿起回憶

一九九六年我剛拿到人類學博士學位，一個人隻身前往巴拿馬雨林田野調查，住了四十天記錄耆老們口述五百年前的歷史，就在每晚一場接著一場的夢境中完成報告紀錄，也成就了上述我的心靈之旅。但拿起回憶，當年帕拉拉浦魯的現實面還是岌岌可危的，我遇到他們的時候這個少數民族竟只剩下二十四人，怎麼比起五百年前寬容釋放了巴爾沃亞後，容許他們選定查格雷斯河上游的雨林沿岸，重建村寨的人口還少。全盛時期的五百餘人不提，最後那「一個也不能少」的三十八人休養生息、繁衍族群，怎麼也會越活越回去、人數越生越少了呢？

巴拿馬從一九八四年成立的查格雷斯國家公園，到我首次造訪的一九九六年，剛好為劃入的十二萬九千公頃繼續擴張之際，國內要求把帕拉拉人趕出國家公園領域的人比比皆是。偏偏他們基因單一化，五百年不得已的近親通婚，已經讓他們的體質積弱不振，又頗多畸形智障的孩子，似乎已經在生物演化過程中即將完全自我滅絕。

那時我著實為帕拉拉族群的存廢擔憂，但對於他們屢屢希望我留下來當他們族人的懇求，總是抱持著消極抗拒的態度。加上深受困擾於每天夜晚的噩夢，又不甘尚未在學術界闖出名堂就滯留鄉野，因此即使夢境讓我記錄到最完整的田野調查口述歷史，我還是在四十天後藉著出去辦簽證延期居留的機會，一去不回頭。

一轉眼二十六年過去了，他們希望我能永遠留在帕拉拉村裡，於是我只有不告而別。好像玄奘西天取經到達新疆的高昌國，國王鞠文泰執意要把玄奘留下來，不讓他西行。最後玄奘去意甚堅，國王只有同意他走，但是要求他取經成功，必須回程到高昌國講經三年。結果玄奘信守承諾，在十七年後捨海陸回中土，堅持走原來的陸路返回長安，就是為了要奔赴高昌國履約，沒想到走到那裡才驚見高昌國早就被滅亡成今日的一大片廢墟了。

想到這裡，看看離開部落二十六年後的我，竟然一直對著巴拿馬的甘博亞雨林「考股爸」地峽陸橋區和「股貝拉・帕拉拉・浦魯」民族念念不忘。要不是遇到新冠疫情肆虐全世界，害我悶了三年多沒能出國，於是索性報名參加了一艘郵輪：十五天五國巴拿馬運河之旅，絕對想像不到有生之年我還能再跟村民重聚。

在五月二十一日停靠巴拿馬那一站，我在登岸自費行程裡選報了一個原始土著的部落之旅。我心頭一怔，直覺告訴我：這難道就是我曾經去做研究的地方嗎？可是翻開記憶，當年那個人口縮減到只有二十四人快要消失的布拉拉民族，應該不可能變為當今人丁興旺、繁榮鼎盛的觀光熱點啊？

我半信半疑，搭大遊覽車跟著導遊出發前，我還是把當年跟土著合影的照片影片、檔案資料都帶在身邊。車子停靠碼頭後，發現跟我當年一樣是要搭乘獨木舟進入村寨，增添了我一點兒信心。直到近鄉情卻的我走上陡斜的草坡，才發現好些張熟悉的臉孔，我趕緊給他們看照片和影片，村民驚喜不已而奔相走告。不一會兒祭司和酋長都過來看我，我們相擁而泣。

我好驚訝更高興，二十六年後他們活下來了！

他們說面對查格雷斯國家公園的連年驅趕，巴拿馬政府準備用都市便捷的高價土地，來和他們偏僻的雨林交換，都被帕拉拉浦魯村民嚴正否決。村民說他們遵奉民族三千年的規矩、祖靈五百年的教誨，情願不要便利的自來水電、瓦斯、網路，只要讓他們能跟雨林大自然萬物在一起，漁獵農耕自給自足，簡單生活安住就好。

年輕的祭司為我跳起了「神鷹舞」，這次是由我在中心點蹲著，他時停時躍，雙手平展後伸如巨鷹展翅，圍著我吟唱。就跟我二十六年前首次踏進村子做田野調查時一樣，已經過世的老祭司也是跳著一支同樣模仿老鷹飛翔的舞蹈，為我治療感冒。撫今追昔，再回想夢境裡五百年前的決戰前夕，老祭司塞爾卡在薩克奇的面前也是飛揚著同樣的舞步，令小頭目熱淚盈眶。這橫跨不同年代的三位祭司所跳的「神鷹舞」，疊影串聯起來，不就是我們人類學者一直在探索尋根的世界瀕危少數民族文化的「核心文明」嗎？

我忽然想起同樣三千年前，中國最古老的殷商甲骨文和金文大篆鐘鼎文，「鷹」的寫法，那不正是左邊部首一個高舉雙手如翅的人、右邊部首一隻同樣展翼的鷹隼。薩滿與神鷹，兩者一虛一實、亦步亦趨、時慢時快、忽靜忽動；兩者身心共鳴、情志交融、靈肉合一、神人同體。中國象形文字竟然在我眼前跳起了東西古今皆然的「神鷹舞」，為民消災解厄、祈安降福。難道巴拉拉遠祖真是在三千年前從遙遠的東亞划船來到太平洋東陲的殷商遺族？那些人難道就像孔子，曾嘆「道不行，乘桴浮於海」者？

在這五百年來，族人少有人活過四十歲，因此當年的酋長和祭司都走了，那時的青少年反倒成為了村子現在的中堅份子，大家全部圍過來抱我，因為我已經是老到了他們長輩活不到的年紀。另外，酋長和祭司感動地把我介紹給所有同行的觀光客們，讓他們知道這趟歐洲皇家公主郵輪上有這麼一位對部落有過貢獻的恩人。還硬拉我上台跟大家講話，我推推拉拉，最後只有勉為其難，硬著頭皮說到：

「我是個人類學教授，二十六年前博士一畢業就來這裡做過田野調查。我驚訝發現：這帕拉拉民族從考古人類學的角度，未曾出土任何殺人的武器；從語言人類學的角度，他們沒有『仇恨』、『殺戮』的辭彙；從文化人類學的角度，他們不具『冤冤相報』、『以暴制暴』的觀念。帕拉拉的祖先們，用自然和諧的寬容慈悲，化解了衝突對立，應該是今天我們要向帕拉拉族人學習的。最後，我今天忽然懂了，為什麼老天揀選我來此做研究——從體質人類學的角度來看，你們有沒有發覺：台灣跟巴拿馬兩地，雖然遙隔整個遼闊的太平洋，但我們從長相到身形都很像啊！哈哈哈！」

大家聽了笑得樂不可支。

村長私下跟我說，他有被耆老長輩交代過，如果有一天當我再度回到村子裡，一切的事情都會跟我交待清楚的。

一個三歲左右的小毛頭名叫樂球，跟著年輕的媽媽，拿了一個編織細密的櫸烏帽子跑過來送給我戴上，還一直對我叫著：「達達」！「達達」！「達達」！直到團體觀光村訪的行程結束必須離開時，大家才全部再次向我集結過來一起跳舞，我算一算超過百人，其中包括好些年輕女孩和兒童們，讓我真是倍感欣慰；因為，「殷貝拉・帕拉拉・浦魯」民族算是真的活過來啦！

族長向郵輪團隊要求，準備單獨帶我到刻著木雕馬頭的碼頭為我送行。於是我沒有乘坐觀光客的快船，而是一個人跳上帕拉拉的傳統獨木舟。正要離去的時候，族人說沿路會有人跟我解答一切的問題；沒想到獨木舟啟航時，長老和祭司並未再露面，船上除了我，還是只有一個稚嫩質樸的青年小船伕。

馬頭叩別

「你幾歲？」我問小船伕。

「二十六。」他說。

「太好啦！像你們這樣的年輕人都願意留在村子裡，難怪現在的帕拉拉浦魯生氣蓬勃，人口增長，村民也健康；不像我在二十六年前到你們村子裡，那時幾乎是近親通婚，淪為體質畸形變異、人口數目急落銳減快自然滅族淘汰的慘況。只有二十四人呀！」我說。

船伕驚訝地問道：「真的啊！原來從你們人類學者的田野調查研究中，還發現了這麼多連我們帕拉拉族人自己都不知道的事情呢！」

我得意地笑道：「你不知道的事還多著呢！整整五百年前，你們偉大的帕拉拉族人，特別是兩代酋長那一段驚天動地的歷史，才是你們小輩更應該要緬懷知曉的呀！」

小船伕聽著激動熱切地詢問我：「您可以講給我聽這段歷史故事嗎？我們沒有文字記載，一切都是世代口傳心授，但是外面的學校不會教。薩滿祭司說，我們讀政府學校的書只要上到三年級十歲就不要再去了。他說那些『寫』我們歷史的人，手上還沾滿殺戮我們祖先的『血』，為什麼還要帕拉拉的孩子去學習他們的知識和歷史呢？」

我聽他言語不俗，他並不知道此刻出現在他面前的「老人」，曾經在他同樣這個年紀的時候，來到過當年他們即將破落衰亡的帕拉拉普魯部落；他更不知道我曾歷經了四十天帕拉拉悲慘歷史夢魘的親身煎熬。於是，第一次聽到有人跟我說，熱切要聽那一段五百年前可歌可泣的史詩，教我再也克制不了情緒，當場雙眼淌淚。好在只有我們兩人在獨木舟上駛往帕拉拉村外，那唯一可以泊船靠岸使用的碼頭，大家都認明一個用簡易木樁雕刻成的大馬頭去接送進出河村，不然我可真像薩克奇當年完成「將計就計、反守為攻」的抵禦工事，卻當眾啼哭一樣尷尬。

小船伕知道我願意為他講故事，笑得陽光燦爛。聽我陳述的過程，他像個懂事聽話的乖孩子靠在我的肩頭，以免過於嘈雜的馬達聲響掩蓋了那一段段扣人心弦的歷史。

小船伕求知若渴，汲取著歷史文化血脈養分的傳承，我忽然看到午後灑下的艷陽，竟把波光粼粼的查格羅斯整條深邃的河面，反射出尚未得見過的那種重重疊疊，一個套一個，由小到大、從近至遠的彩虹隧道，難道這些就是有如十方觀音薩埵金剛護法蓬萊靈山海會的帕拉拉祖靈們，是祂們正透過了我的身語意，由我代表先輩口吐悠長史詩中，綻放著因緣殊勝法喜滿盈的朵朵金蓮。

我問小船伕：「你叫什麼名字？」

他答：「安東尼奧。」

我說：「咦！怎麼搞個西班牙文的名字！」

他答：「我有帕拉拉名字。薩克奇。」

我驚訝聽到，一面笑、一面炫耀自己的歷史知識。我說道：

「哈哈哈！笑死我了！你是『薩克奇』？那我的帕拉拉的名字還叫做『科瑪格萊』呢！哈哈哈！」

小船伕薩克奇叫道：「那是『爸爸』！」

我隨即呼應：「對！我的『兒子』呀！哈哈哈！你真的有用心聽耶，還牢記五百年前兩位酋長父子的名字……哈哈哈。」

一抬頭，怎麼剛才「他笑我哭」，剎那間轉變成「我笑他哭」？心想他一定是被自己偉大的祖先所感念而啜泣的。

我把他摟進懷裡，他哭得至情至性，更為大聲，連壓蓋著引擎聲響都能聽聞，弄得我百感交集，乾脆跟著相擁環抱哭成了一團。船隻的方向被我倆攪得歪歪扭扭，一路坎坷顛簸駛近馬頭碼頭。

他趕緊坐好，準備對準方位靠岸到泥岸草坡。我的心中總算理解，為什麼剛才兩個大巴士的觀光旅遊團體七十八人分成八艘快艇離開，只有我一個人單獨由少不經事的小船伕，而非老祭司或大酋長送行。他們還再三跟我交代：完全相信我二十六年前飽受歷史噩夢煎熬的事實，絕對理解我的不告而別。他們在遊客大團體面前又三度介紹我，並且透過領隊導遊的翻譯，當眾對我大加稱讚表揚，也感謝我為帕拉拉所做的一切。把我搞得像個大明星似的，所以話說七十八名旅客同意我享有單獨一艘船返車回郵輪的特權。祭司在我耳邊輕聲地說，沿途會告訴我一切的謎底真相。

我又問他：「什麼是『達達』？」

他反問：「誰說的？」

我答：「一個叫做『樂球』的小寶寶。就是送我頭上這頂樨鳥編織彩帽的少婦，手上牽著的小孩。」

他答：「我一看就知道這是我妻子的手藝。」

我說：「所以那是你的孩子！」

他說：「對的，『樂球』。我想我的孩子！您想您的孩子嗎？」

我說：「我沒有孩子。」

我正要下船時，薩克奇牽著我的手，扶我登岸，他同時說：「『達達』是『祖父』的意思，『樂球』就像是您的『嘟寶』……。所以您都知道了嗎？」

我看著跟我相像的他，睜大了淺棕色的雙眸，彼此首次這麼貼近凝視對方。

「知道？知道什麼？」我問。

他驚訝地收起目光，閃躲開我們彼此頗為神似的眼睛眉宇，低聲地說：

「呃！沒什麼……。」

就在我正從船上跳到河岸水湄之際，他丟了最後一段話出來：

「薩滿祭司要我告訴您，他們相信您一九九六年在睡夢中經歷過，我們帕拉拉五百年前最慘絕人寰也最恢宏開闊的歷史。他們一直想跟您致歉和致謝，當年您所有做的有關您身體的夢都是真的，因為當年『您的孩子』也留在了村裡。」

我一跳抵岸邊，立刻驚訝地轉頭對他大喊：「我的孩子？」

河水波瀾打盪船體，我和他的身心盡被搖晃得無法站穩，他撐篙把船搖到較為平穩的江心，雙眼的視線這時就再也沒有離開過我。此刻我心百感交集，二十六年前所有的回憶往事，隨江濤湧上心頭，好像水蛭正在吸吮我的鮮血擺脫不開！我彷彿想起每晚睡前，他們送我喝下安眠好睡的水，原來就是訓練酋長和小祭司與祖靈相通的蔓陀羅與鴿子蘭花汁。我隨即入睡到不省人事，衣服解了在做些什麼都不知道，只覺得又一晚走進帕拉拉五百年前真實的血淚歷史，而且與科瑪格萊、薩克奇酋長父子一次又一次的靈肉合一。

想到這裡我才恍然大悟，原來我真的就是夢中躺在高腳屋草床上的「科瑪格萊」！而我的「薩克奇」你是出生在一九九七年，從入胎懷孕就算一歲的帕拉拉青年的話，你竟然真的就是流著我血脈的「薩克奇」！

原來「我一直知道你不知道的」，「你也一直知道我不知道的」。

祭司酋長一直說我和族人原本的長相、身形就極為相似，希望久違孤立的瀕危民族能找到相容的遠親族裔，注入新的血脈以便維繫香火。

菩薩低眉，金剛怒目，不同手段都是一種慈悲。

這有如我在另一個體質遺傳人類學領域後來做過的研究，學者會拿洄游大海的挪威大紅鮭魚當成「白老鼠」，拿來跟瀕危的台灣內陸七家灣溪櫻花鉤吻鮭來配種，挽救其因孤立而近親繁殖造成的DNA基因變異，以改善族群繁衍。原來當年我也曾當過帕拉拉「原始生物實驗室」裡的「白老鼠」。

這時薩克奇在船上對著我跪下叩別，然後起身再次噴淚，盡情釋放他自幼長年失怙的淚水。他用雙手抱緊自己結實的胸膛，好像方才被我擁入懷中一樣，然後對著我，還有我後方斜坡上兩台大巴士裡，早已久候不耐遊客們的角度大喊：

「爸爸！」

此時，我也用雙手同樣環抱自己的胸膛，好像我們父子正隔空，依然能觸及彼此流淌相同血脈的軀體。我太遺憾了，剛才跟他如此貼近的時候，為何沒有多呼吸一下他風華正茂的青春氣息；更後悔自己那時沒有勇敢親吻他，藉以彌補薩克奇像孤兒小布西一樣，曾經躲在別家屋宇燈火外的淒涼。

我顧不得當眾失態，嚎啕大哭，管他那兩輛大車上的昨夜星辰昨夜風啊！

我對著獨木舟聲嘶力竭地喊：

「薩克奇，我的兒啊！原來我有孩子、我有孫子。」

這一剎那，我彷彿又完全靈肉合一，幻變成了五百年前的老酋長「科瑪格萊」，正在這有如屠村滅族前最後一刻臨危授命，也想把自己所有的歷史經驗智慧傳承給倚重的獨子「薩克奇」！

這時兩車的導遊領隊已經按捺不住，跑下草坡到岸邊馬頭碼頭來抓我。他們實在搞不懂我們這不才見面兩小時不到，兩個素昧平生的陌生人，怎麼會搶天哭地又喊爹叫兒，盡拖拖拉拉杵在岸邊不快上車？那龐大的三千人歐洲皇家公主號郵輪馬上就要離岸，同樣乘客一個也不能少。下一站即將是船隻整天通過巴拿馬運河三大閘門升降水位調節兩洋高低差的觀光重頭戲。現在算起來兩台大巴士駛達郵輪暫時停靠的海港，還需要一個半小時的車程，為時已晚，誰也不能再耽誤了。

於是轉瞬間這兩名巴拿馬的領隊和導遊，怎麼忽然變成了《紅樓夢》小說裡，最後又登場的一僧一道，茫茫大士與渺渺真人，把在大雪岸邊碼頭，正向船上的父親賈政，叩首辭別的賈寶玉壓著帶走。只不過當下得把科瑪格萊和薩克奇父子的位置互調了一下。

父子初見即說再見，而這一再見，卻可能永遠再也不見、再也見不到。

坐在返回海港趕赴郵輪的大巴士上，我看著蜿蜒的查格雷斯河，以及綿延無盡的甘伯亞大雨林，心中忽然領略了人類生命裡一些可貴的價值意義。

巴拿馬大逃亡。

原來五百年來我們三方在巴拿馬個別「大逃亡」的歷史，既不是在躲開歐洲的債主、去遠避白人的暴徒，也不是為了解離「殷貝拉・帕拉拉・浦魯」恐怖的夢魘；而是亡命逃脫出我們各自內在心靈深處，受制於怨懟猜疑仇恨的枷鎖桎梏。一旦我們學會慈愛寬容，終究皆得以快樂自在的相忘江湖、優游天涯。

現在一切都轉化為光明與愛。

目送薩克奇消失在馬頭離椿的水岸碼頭邊，一葉扁舟悄然融入了虛實幻真、縹緲難辨的虹彩煙波裡，漸行漸遠。我這才忽然在今生第一次感受到：

我正距離自己心靈的原鄉，終於越來越靠近。

附錄

「英雄之路」：解密導讀《巴拿馬大逃亡》

蔚藍

人類學，一言以敝之，「有種」，一語雙關。

人類發展的歷史必須出現「有種」的英雄帶領，才能克服突破生存環境的困難；也要為族群存續血脈的「有種」留後，不斷薪火相傳生生不息。

巴拿馬大逃亡，就是一段人類歷史交相「掠奪與逃亡」的縮影。作者從人類學的嶄新角度，紀錄的是五百年前面對歐洲航海大發現搜刮黃金、屠殺掠奪，而被迫逃亡的巴拿馬帕拉拉民族，一段為了「有種」而極為「有種」，可歌可泣、蕩氣迴腸的史詩級真實故事。

「巴拿馬大逃亡」是作者厚積二十八年，薄發三萬餘字的首篇世界歷史小說。全文「由死向生」，跨越一五一三年、一九九六年、二〇二二年三個時空、透過三度空間的三個「我」口述，以三部曲、三小篇章的構思，分別由「巴、拿、馬」為藏頭篇章標題，用「大、逃、亡」三主題貫穿全文。作者藉此探討人類文化演進的歷史，雖是在一連串「掠奪者與逃亡者」的交互變換下，找尋存亡續絕的出口；懂得自然和諧的帕拉拉民族，終於走出了一條不同的路。

這十二點「英雄之路」解密，像拼圖一片一片拼出作者的企圖之心，又像明燈一盞一盞點亮創作之路，更像鑰匙一把一把開啟迷霧之謎。作者用前所未有的人類學史觀、巴拿馬河湖陸橋地峽、雨林原始瀕危部落為寫作題材，把人類傳宗接代的英雄之路帶到新高度。這固然是作者本身的學養豐富，閱歷豐盛，博學豐采，性靈豐美，才能帶給讀者「悅讀」上的新視野。

我試著一一破解藏在故事後的玄機如下：

解密一：拆解觀點

這篇小說以三部曲的敘事結構完成，打破時間的順序，讀者可以用一、二、三順序，或是三、二、一，還是二、一、三等不同排列組合自行閱讀，享受拆解故事的獨特樂趣，以插敘、以補敘、以順敘、或是倒敘，自行研究觀照歷史的觀點。

解密二：微觀與宏觀

這篇小說的敘事者「我」，可以是第一人稱，也可以是第三人稱；可以是一五一三年的大酋長科瑪格萊，可以是繼位者小酋長薩克奇，也可以是一九九六年和二〇二二年的人類學者。「我」的角色帶領讀者穿越時空，既可俯瞰當年當時當地發生什麼事的微觀，也可以縱觀歷史長河演進的宏觀，「我」更是讀者當時當下的身臨其境，感同身受。

解密三：文明與原始

作者刻意寫一個遙遠的中南美洲陸橋地帶，隱身在熱帶雨林的原始部落帕拉拉族，用意何在？以今觀古，他們是「最文明善良的原始人」；以古觀今，誰是「最原始殘暴的文明人」？讓讀者重新定義：「原始與文明」的真義，多少文明人做野蠻事？是否原始人也做文明事，才得以代代相傳？

解密四：歷史舞台

五百年前過著農耕漁獵、野外採集的帕拉拉族人，渾然不知他們被推向世界舞台的風口浪尖。就歷史而言，歐洲人展開航海大發現因而改變世界觀；就地理而言，西班牙人尋寶遠征軍在此匯合然後奔竄各地，拉丁美洲三條黃金路線的起始點與交會點就是在帕拉拉村開始的，就是由老酋長的捨身護族開始的。

解密五：夾縫逃亡

故事軸起於學者的初次人類田野調查，耆老口述歷史紀錄帕拉拉族人不得已在被掠奪者與掠奪者之間逃亡；而學者在真實生活裡，卻面臨糾結在古今、晝夜、身心的夢魘夾縫中折騰，不得不逃亡。逃亡者與掠奪者在有形地理上的追逐戰爭，竟擘劃成無形歷史上的壯闊史詩。

解密六：追本溯源

帕拉拉族人是世居三千年的古老原始部落，就文化人類學演進歷程來說，他們沒有「仇恨與殺戮」的語彙概念：就考古人類學來說，他們擅長百款工具唯獨沒發展出攻擊或是防衛武器。一旦要面對掠奪者的槍彈砲藥，豈有逆轉勝的機會？他們只想繼續先祖與自然環境和平共處，這願望能倖存在二〇二四年嗎？

解密七：誰寫歷史

三千多年來沒人幫帕拉拉族人「寫」下歷史，寫歷史的人手上沾滿屠戮帕拉拉祖先的「血」（作者妙用「血」與「寫」同音）。帕拉拉人還不懂仇恨和殺戮，卻要走向戰場。人類學者的深入雨林，看見僅剩二十四位村民的生存危機，近親通婚所帶來的畸形體弱，更增添人口繁衍壯盛的困難，似乎可預見不適者淘汰優勝劣敗的自然法則。

解密八：穿插典故

起先我懷疑作者故意賣弄歷史知識，後才看懂用心之深。不管是突入的典故，像是以小布西和比利時的尿尿小童同喻，以西漢武帝和東漢光武帝與科瑪格萊和薩克奇父子形容，以紅樓夢白淨雪地和綠色莽林同樣在江畔叩別相比，足以看出作者的人文情懷，博學多聞，舉例俯拾皆是，是以歷史的高度來看待人類文明的深度。

解密九：西遊取經

作者刻意兩次提及「西遊記」，玄奘取經陸路經過高昌國，高昌國王欲留其講經，等玄奘取經歸來，高昌國不復也。帕拉拉大酋長欲留下學者長居部落，學者夜夜噩夢而出逃，待經海路歸來，近鄉情怯，最終恍然大悟，製造出全文最高潮（作者巧思隱含暗喻，取「經」與取「精」同音不同義）。

解密十：兩兩相對

作者的巧思宛若綿延織錦，劇中人物兩兩成對，彼此呼應。可能是遙遙相望如小布西和小薩克奇，可能是相輔相成如祭司和酋長，可能是彼此敵對如卡雷塔和科瑪格萊，可能是隔代呼應如薩克奇與學者，可能是對立相惜如薩克奇和杜努魯……，讓讀者感受人與人的關係變化多端，伏筆驚艷。

解密十一：配角特寫

對讀者來說，主角的三個「我」，也就是五百年前的大酋長父子和人類學者這三人，透過作者細膩自如、百轉千迴的筆觸已經感動至深。更為難得的是作者在情節上安排其他配角出場，乃以「觀其人也知其事」，妙筆生花能讓每個配角皆得以特寫鏡頭出場，即使是配角也有其「英雄之路」的任務在身，戲份前後呼應刻劃絲絲入扣。

解密十二：沒有愛情

對於一個即將滅族的原始部落而言，傳宗接代比浪漫愛情更重要。並不是作者忽略愛情，而是想突破寫作的窠臼，一部小說如果沒有愛情的元素，是否還能撐起普世的價值觀，展現人性的良善美好？大愛大義是否能成為一種「世代傳承」的希望和動力？

本篇歷史小說起於老酋長的捨身護族，續留生機；承接小頭目臨危受命，以德服人；接續骨肉初見再見，恍若隔世；乍看是三個拼貼故事，細讀方知乃以「英雄之路」一以貫之。每個角色都走過蕩氣迴腸的英雄之路，使命與際遇縱皆有不同，成王敗寇亦未必定論，重新定義歷史與生命的價值，才得以煥發人性的美好光華。

結語：

隔著五百年前後的兩個、兩代同名的「薩克奇」相呼應，是作者隱藏的巧思。作者「有種」的創作意境，旨在告訴我們：「寬容與慈悲」才是真正「有種」的英雄之路；「自然與和諧」才是人類歷史裡，取代「掠奪與逃亡」的真正循環「有種」存續的定律。

二部曲

大東亞百慕達——看見台灣海洋

一再失蹤的鐵砂船

每年開學前，學長姐傳給學弟妹們的口信都差不多，玄秘地說：「你們務必要在午夜十二點零一秒，搶到爆團的「台灣海洋文明史」的通識課程！如果能當上方教授的研究助理或是加入他的社會實踐行列，將有挖不完的寶，更是三生有幸了！」

有關方邦正教授的半生傳奇，不只是學生之間的口耳相傳，更吸引全校各系的同學前來搶修或是旁聽。在他的學生裡，最出色的有兩對校園美女帥哥高材生，分別就讀於財經市場企管學系的台北白富美「小灣」、輪機資訊工程學系來自高雄孤兒院的「阿台」，還有大陸廈門大學交換來台同系的學霸資優生，孿生兄妹「建仔」與「福妹」。四名同學後來也因共同參與方教授的一項海洋研究計畫，結成患難生死之交。不過五人之間錯綜複雜，融合著親情、友情、愛情的糾葛矛盾，同時在他們的探索歷程中次第浮現。

就在方教授再一次講課談到「大東亞百慕達」的那一堂，小灣當場忍不住哭出聲來，因為她從小又愛又怕的爸爸就是千禧年失蹤的那艘五千多噸大鐵砂船，「花蓮一號」的船長陳國忠。船上總共有十四名台灣本土籍成員和七名緬甸籍船員，直到今日依然搜尋未果，下落不明、生死未卜。

儘管從小她的爸爸長年跑船不在家，但是人間蒸發至今生死未卜實在是所有船員家屬心中的痛，於是求助於有著他父親影子的方教授，還有身為運動潛水健將的游泳校隊阿台；加上建仔乃優秀電腦程式設計師又是電玩高手，配合福妹數位影像分析與電腦繪圖超高功力的協助下，希望不但能解開神祕東方百慕達的線索，更能為小灣探得她父親和那艘大鐵砂船的下落，也以數位科技實地探訪，找出解開這片神秘海域的線索。

由於方教授自身從童年開始照顧癱瘓母親二十多年的家庭背景，讓他對於小灣尋找父親下落的孝心甚為認同感動，剛好他又主持科大「宋元明古代海上絲路的官窯名瓷定位尋寶研究計劃」，於是決定直接網羅這四位課堂上的優秀學生擔任研究助理和海底探勘員。同時也於公於私運用各種先進科技設備與海洋數據分析，暗中尋找失蹤鐵砂船和陳船長的下落。

謎樣金山北方三島

於是他們五人組成了好比「易卦五行——木火土金水」般相輔相成的探險團隊，利用暑假三個月的時間先期展開台灣寶島東西兩側上部馬蹄形開放水域的基礎水文海象研究佈建。趁台中梧棲港研究計劃尚未啟動，首站一行人來到金山磺港，準備從科技大學前往基隆港出發，一路針對鐵砂船的最後目的地東北海岸地區，尋求獲得漁民在漁船上的協助與鄰近海事實務的了解。畢竟，當時那艘「花蓮一號」鐵砂船航行最後應該要抵達這裡，於是他們決定把握時間倒著航行一次，也就是先展開這段小灣船長爸爸當年最後的恐怖死亡之旅。

他們三個男士都持有國際船員證和駕船輪機專業證照，方教授直接就是金山漁會十五年漁民的身分，於是如魚得水經由漁民協助自基隆八斗子、金山磺港、野柳女王頭、石門萬里一路行船，途經宜蘭頭城烏石港、南方澳漁港，最終目的地是花蓮新港。

一行人從白天參加漁民在沙灘傳統牽罟捕魚，到夜晚將大木船注水蹦燃起硝石電土的火光，佐以木棍敲打船舷，吸引大批的青鱗小魚自行跳入船網，讓來自海峽兩岸的四名都會青年第一次親身體會寶島世代流傳的古老海洋智慧。同時他們蒐集得知珍貴線索：包括彭佳嶼、花瓶嶼、扛轎嶼的謎三角地帶附近，所有鐵殼船的金屬裝備行駛到此處都會忽然失去動力。如果剛好又遇到暴風巨浪，便極可能造成船隻遭遇像柔道「大外割」，勒頸提腰重摔而迅速顛覆沉沒。尤其是像小灣爸爸那艘二〇〇〇年「花蓮一號」五千多噸的鐵砂船一旦重心不穩，艙內所裝載的沉重鐵砂將會立刻滑向單側傾斜，隨即讓狹長的金屬船身重心不穩而急速沒入深海。可是為什麼二〇〇五年第二次又同樣在二月失蹤的「瑞太八號」，同樣五千噸的鐵砂船也不見了？獨獨留下一艘放滿物資補給的小救生艇漂到金山磺港，纜繩並非遭風浪扯斷，而是被某種先進鋒利的機具平整切割？

五人接著再向前航行，繼續朝當年鐵砂船啟程地花蓮方向邁進，漁民熱心提供的兩艘船隻一路進行延繩釣，小管螢光假餌吸引鬼頭刀和鰹魚追逐而載得滿船大豐收。

不料其中一艘漁船行經上述謎樣三角地帶時，果然機件失靈動彈不得，幸好靠著另一艘同型船隻捲動纜繩牽拉，才得以成功脫困。

斷首龜山島雙色海

他們繼續在龜山島位於龜首前方的天然牛奶雙色海域深潛下水，顧不得先前花蓮規模七點二級地震，才把龜首岩層晃到土石崩塌引發嚴重斷層，他們潛水到海底十公尺至二十公尺的深度，看到那裡聚集著不怕硫磺高溫的特有種生物「烏龜怪方蟹」，還有一大排煙囪般地熱噴發硫磺的工整管柱聳立在海底。其地緣連結九份、金瓜石到附近的礁溪溫泉、蘇澳冷泉，方教授悄然驗證傳說中遠古沉入海底的「亞特蘭提斯」與「姆大陸」古文明，正是一個既有溫泉又有冷泉，還盛產黃金的臨海寶地，最後遭到火山爆發引起的地震海嘯完全毀滅。難怪雪山山脈行至蘭陽平原就突兀崩解，顯然千萬年前這裡或曾發生過海陸地層的嚴重大範圍面積陷落與位移。

大家親眼所見這片黑潮暖流和親潮寒流交會的北太平洋西陲大漁場區，奇幻的洋流洄瀾在這美洲和亞洲「環太平洋火山地震帶」，就如此神奇能把龜山島在龜尾綿長堆積的數千顆大圓石球左右擺盪，形成蘭陽八景之一「神龜擺尾」的奇觀。完全可以想見當年小灣爸爸所駕駛的鐵砂船也有另一種可能，在於無法抵擋一股突如其來的致命強力洋流而牽制掀翻。

他們備妥潛水裝備，繼續背對三貂角燈塔航至比釣魚台島更靠近台灣的日本與那國島海底，從有如城門的「二枚岩」下方游泳潛入。方教授為學生指出許多鏤刻在水裡岩石上的遠古文化符碼圖案，驚見一座比國際標準足球場還大的海底巨石階梯平台金字塔和一旁守護的石雕，讓人嘆為觀止。教授早先就計算出此處位居世界神秘巨石古文明地理經緯座標的中心，如此左右傾斜對應著遙遠西方北緯三十度北非埃及古夫金字塔群，以及南太平洋東陲南緯三十度的智利復活節島摩埃夷（MOAI）巨石人像群。

海象水文研究至此，方教授帶領的團隊獲得初步突破性發現：

原來小灣父親陳國忠船長極有可能沉沒或失蹤在這一片馬蹄型海域的東側；而其西側是澎湖黑水溝的海域，這裡不僅曾為宋元明「海上絲路」的交通要衝，也是閩粵先民華路藍縷渡海最為懼怕詭異洋流的「黑水溝」。就在這一片神秘海域，面對西方世界航海地理大發現，從一六二四年起由葡萄牙、西班牙、荷蘭船艦，將「福爾摩沙」美麗島登上了世界舞台。然而近三十年來該海域至少就有二十八起空難、五十四起海難，船機失事失蹤如同大西洋百慕達一樣讓人聞之色變。

此區海流怪異強勁不僅僅足以淹沒兩艘大型鐵砂船，看來這片神秘的海洋航道或許還曾以更大口氣吞噬過一個遠古文明的巨大城市！希臘哲學家柏拉圖《理想國》一書裡有兩篇提到來自古埃及法老智慧教誨的那個，被地震海嘯火山爆發沉入海底的「亞特蘭提斯」！彼時毀天滅地的災難威力若相較今日去吞掉兩艘五千噸鐵砂船自然不算什麼，重點是陳船長他們到底遇到什麼事？後來又被帶去了哪裡呢？

潛水拍攝紀錄完成之後，建仔和阿台透過工程電腦資訊計算，興奮報告教授：此一重疊區域位於地球東半球東經一百二十度的北迴歸線北緯二十三點五度到神祕北緯三十度之間的太平洋西陲，恰巧就跟地球背面西半球西經六十度完全處在同樣緯度大西洋西側的「百慕達三角洲」分毫不差的東西半球直線遙相對應。

另一方面，小灣和福妹在同步分析著日本與那國島海底巨型石雕，與方教授早年在復活節島記錄片裡的數百座摩埃夷人像對比，透過數位影像參數竟完全吻合；海底超級石階金字塔的單面，也剛好跟埃及印和闐設計最古老的薩卡拉階梯金字塔如出一轍。同時意外一併發現到：龜山島海底柱狀地熱噴發群柱的排列佈局，跟英格蘭和蘇格蘭兩大巨石陣，一線拉到土耳其東部最新發現更老的一萬兩千年哥貝克利巨石陣，座標象限比例盡皆相同，遙遙呼應，實在教人嘖嘖稱奇！

阿台與建仔乘勝追擊，透過超級電腦取樣聲紋對比探索再度驚聞：早年方教授在美洲大西洋百慕達海底潛水攝影所採集到的奇幻音律，真的跟此行從龜山島到與那國島海底錄到的都是全然一樣的α波長音叉聲納。方教授喜出望外拿出他從喜馬拉雅山取得的古代流傳鎳鐵隕石「天鳴鐘」法器，另一手緊握材積甚密的高山雪竹棒子搖轉，立刻發出有如佛教大明陀羅尼六字真言咒「唵嘛呢叭咪吽」，其中那擁有印度教最頂級能量首位種子字「唵」的宇宙原音。跟據西藏古老傳說，活佛闡述這種聲波得以直通「蟲洞」，連結超越陰陽時空異次元的阻隔。如此一來，小灣的船長爸爸若真被困在另外一個宇宙平行時空裡的話，或許正好可以透過這種物理量子糾纏極具穿透力的聲波音頻加以連結救援。

花蓮馬太鞍情人夜

這時船隻已從宜蘭逐步接近小灣爸爸出發的花蓮新港，忽然成群結隊的瓶鼻海豚及飛旋海豚友善靈巧地跟著他們的兩艘漁船悠游前行。海豚不斷跳躍、旋轉、潛泳，表現各種高超技法；遠處也出現一群座頭鯨正展開每年家族遷徙，將赴東加海溝到夏威夷群島，再一路挺進阿拉斯加的長途旅程，剛分娩的萌樣小鯨在水下緊緊貼身跟著媽媽游泳的模樣可愛極了。此景暫時化解這一行人益發焦慮又疑惑的心情，倒是阿台跟建仔兩人打賭：為什麼海豚喜歡跟著大船邊游泳行進？經方教授解答才知道標準答案是「省力」。建仔贏了，阿台願賭服輸，聲稱將答應建仔任何一事的請求。

船行繼續經過眺望沿海驚險萬分的蘇花公路清水斷崖段之後，終於在黃昏暮色中一行五人揮別了引路的金山漁民轉向進港。方教授掌舵在花蓮上岸後，帶學生去船公司蒐集當年鐵砂船出發前，氣候水文海象到船隻安檢狀況等種種相關資料。晚上大夥兒進花蓮夜市買麻糬、吃玉液扁食餛飩等著名地方小吃時，遇到大學班上另外兩名阿美族原住民暑假回鄉過節的同學，盛情邀約他們一起參加母系社會的阿美豐年祭，當晚八點剛巧就是花蓮光復鄉馬太鞍部落即將登場的「情人之夜」。

方教授早年來這裡采風田調攝影採訪過一次，也曾在這同樣的夜晚留下過一段最後沒有結果的愛情；所以由他為大家解釋這「情人之夜」的傳統遊戲規則：女生站在一旁先靜觀男人群舞，接著她們精挑細選開始把檳榔投放到心儀男生跨右肩垂掛珠鍊彩繡的「情人袋」裡，如果男方沒有拒絕甚至欣然接受並回贈的話就表示湊成一對佳偶。

陽光帥氣的阿台和斯文優雅的建仔兩人換上屬於他們五歲一個年齡「馬武外大黑熊」階層的彩布短裙，露出健壯的胸膛和結實的雙腿，學習如海浪扭腰擺臀，幾乎成為當晚最受少女青睞的焦點，他倆情人袋的檳榔被塞到爆滿，完全無法拒絕。尤其是阿台，深邃的五官輪廓配上馬太鞍的羽冠裙裝，簡直就像是在地帥氣的阿美青年。此時連小灣與福妹竟然同時都想要把檳榔投給心儀的阿台，閨蜜彼此見狀極為尷尬，不約而同靦腆地縮回手來；反倒是盡情牽手舞蹈繞圈扭動裙襬的阿台，像回家一樣的開心自在渾然不知，被屢屢乾杯敬來的小米酒喝到昏天暗地。至於另一邊的建仔儘管頗受歡迎，但卻情願掏空滿袋，只等小灣把檳榔投到自己的情人袋裡，不意小灣喜歡的卻是他的同班死黨阿台……。

最後一個階段終於到了所有男女青年一起登場交叉牽手的團體舞，英俊健朗高大的阿美青年們紛紛圍繞著小灣與福妹這兩位兩岸青春美少女牽手同歡，大家完全融入台灣傳統花蓮在地民俗風情的浪漫文化之夜；但是四名青年同學之間交錯的情愛卻才逐步顯露萌牛，有心動也有矛盾。

這一晚包括教授五個人全都酩酊大醉，他們在兩名阿美同學的照顧下各別安置在不同的長輩家裡酣睡，卻在這一晚五個人都做了一個「同樣的夢」。大家一起在夢境中聽到天鳴鐘的聲波始終迴旋不止……。

首先夢境出現一段古老紀錄片：二十二年前才大學畢業退伍剛考進新聞界的菜鳥小青年方邦正，那時他還不是教授，因為採訪報導被電視台派來花蓮參加了同樣的「情人之夜」。在教授曾拍攝的記錄片裡面鋪陳了好像平行宇宙般穿越的時空場景，那時與方邦正同齡的小灣船長爸爸陳國忠，竟然也出現在這同一個時空現場。原來國忠自花蓮服役退伍後，結交了一位阿美族女友小芬而留在花蓮混著打零工，青年小方隻身來到花蓮採訪，湊巧結識了像太陽一樣古道熱腸的阿忠，協助借到整套民族服裝，還留宿在自己的租屋套房裡，長聊了幾夜同床共枕，兩人非常投緣結為異姓兄弟。

翌日傍晚兩人就一同加入了那場一年一度馬太鞍豐年祭的「情人之夜」。萬萬沒想到調皮的小芬隔天才從外地返回直接趕到會場，那晚她竟然沒有把檳榔投給對她癡心付出並論及婚嫁的國忠，反而投給了方邦正的情人袋裡，兩人一見鍾情墜入愛河，熱戀一發不可收拾，旁若無人當晚互訂終身，酒興中纏綿了一夜。

方邦正被蒙在鼓裡完全不知道自己奪走新朋友的愛人，也看不到國忠目睹現場當下肝腸寸斷的哀慟，以致陳國忠憤而去跑遠洋漁船，意圖離開傷心之地。儘管不久國忠經由相親結婚生下了小灣，也從到南美洲遠洋魷釣船轉到了擔任較為安定富裕的近海大型鐵砂船長，可是心裡一直耿耿於懷。同樣方教授放浪青年逐愛陷落情網幾天後，才從村民口中得知自己是橫刀奪愛的兇手，心中愧疚萬分也不告而別，回台北辭職遠走美國深造，一路攻讀博士。

懸浮太魯閣燕子口

方教授一直到今天晚上才知道五人海洋研究團隊想要秘密尋找小灣的老爸船長，就是那個他此生曾短暫友愛卻終生虧欠過的男人陳國忠，令他更加殷切想要為小灣父女補償。那一夜其實他也再次見到了中年的小芬。

晚上當他杵在僻靜角落旁觀馬太鞍青年情人之夜時，小芬像天上圓圓的月亮一樣悄悄挪移照近他的身後。她為他溫柔掛上了自己手織的情人袋，並且當兩人四目倉皇失措相對之際，她放進一顆檳榔到他的袋子裡，就像是二十二年前那個定情的夜晚。

這一段年少塵封的往事讓兩人深受打擊而依然未娶未嫁。晚上看到學生都已安頓好住處，方教授和小芬重溫了當年的激情與溫存。

五人在花蓮阿美豐年祭大醉的夜裡繼續做著同樣的夢：

一步步看到辛苦跑船後來爭氣當上大副，再成為了船長老大的陳國忠，他是如何藉遠洋跑船麻痺自己對失戀痛不欲生的糾結，也看到他開著船由青年變成了中年，一直行駛到了那最後一次花蓮一號鐵砂船的死亡任務。

夢裡五個人看到了同樣不可思議的畫面，原來小灣的父親與所有的船員以及兩艘大鐵砂船，其實都被困在另一個時空次元裡，就像「平行宇宙」穿越時空黑洞一樣消失，但是卻跟地球人類三到四維的時間與空間同時重疊存在。問題只是他們完全不知道自己發生船難，在這個「大東亞百慕達」的匯聚點上，駛進了一個循環不止的「十六次元懸浮區域」，每天他們都要反覆做著同樣行駛大海的船務工作、接著循環遇到船難又獲救，卻不知道自己永遠回不來了。

終於，由方教授主導的「宋元明官窯古瓷尋寶定位的海上絲路研究計劃」悄然展開。帶著不可思議的相同夢境，一行五人離開花蓮，穿越過台灣中央山脈，感受這世界最奇特的小島竟擁有兩百六十八座三千公尺以上的高山，包括東亞新生代第一高峰三千九百八十四公尺的玉山、次高壯闊的古生代雪霸、恐怖的黑色奇萊，還有日出雲海最美的阿里山與合歡山。途中五人目睹早年蔣經國與榮民弟兄艱苦開鑿的中橫公路，將太魯閣鬼斧神工的立霧溪切割峽谷的美景一覽無遺，盡收眼底。

走到燕子口時，他們讓道給國際峽谷自行車大賽，以及先前地震還在清理邊坡落石的工程隊。就在等待通行管制的漫長空檔裡，方教授帶頭玩起了學生時代參加救國團中部橫貫公路健行隊，由「魯拉拉」義工學長姐所帶給高中生的團康遊戲：把細長小紙片上半撕開兩側褶平後，在峽谷放飛！你真的會發現存有一股隱形迴旋的上升氣流，把所有同學們手上的小紙片，全部旋轉懸浮托捧上揚，飛翔到了陡直峭壁相對的高空一線天，都不會墜落溪谷。

五個人不覺面面相覷，因為昨夜清晰又虛幻的夢境似乎告訴大家：

鐵砂船一定也是遇上類似的一股神祕迴旋的海流或氣流，才會把偌大的砂石船懸浮托捧，去了那個神祕異次元的奇幻領域吧？

梧棲白海豚尋古瓷

他們在台中梧棲港登上了科技大學的科考船行經彰濱工業區外海，突然看到一群台灣特有亞屬種的「媽祖魚」粉紅色中華白海豚，彷彿一路護送船隻來到雲林、嘉義、台南的外傘頂洲：此處不但是早年已消失的台江內海潟湖入口處、也是前清閩粵先民渡海自澎湖、小琉球通過恐怖「黑水溝」的盡頭，更是近一千年來海上絲路到鄭和下西洋的必經之地，於是依循當地漁民所提供的第一手線索，展開這次海洋打撈尋寶定位的中心點。

這裡一路航行所見海上的蚵架、定置網，以及沿海內陸的虱目魚塭養殖又呈現出另一種台灣近海沿岸的大洋風情。漁民們跟他們五人敘述打撈魚貨，時常不經意就從海底撈獲到菱齒象和鹿角等古生物化石，想要找宋元明古瓷也算稀鬆平常之事，上面還會經常滿布藤壺蚵貝；可見早年台灣海峽位處於這南來北往、東進西行的十字路口交會要衝，連結歐亞大陸到台灣兩側海域也曾是千百萬年前野生動物活躍的大舞台。當然，這裡延伸到澎湖列嶼就是所謂「大東亞百慕達」馬蹄型區域半弧形的西側，與東側的北基宜花東一線恰巧組合成一個隱形金字塔，籠罩在大半個台灣地圖上，有如番薯頭上套了個「天鳴鐘」。

果然第一次下海潛水時，他們五人就同時聽到了跟東半側海底一如天鳴鐘迴旋不止的聲波，沿此依循定位身手矯健的阿台率先發現了第一批埋著古瓷陶甕的海底沙丘，經由方教授初步鑑定應該是來自於宋朝一直到明朝，而且還極可能出自當時最精緻珍貴的北宋五大名窯「汝、哥、定、鈞、官」以及國際拍賣二點八億天價的明朝成化「鬥彩雞缸杯」。

網撈採樣協力完成收穫相當豐碩，建仔也以他高超的衛星定位系統，加上海底聲納探測演算，找出一連串正確經度緯度、海水深度濃度、視力能見度……等相關重要資訊。小灣則逐一細心比對「蘇富比」、「佳士德」、「博寶網」等各大國際拍賣市場上爭相搶買競標的天價名瓷，發現其中一個殘破青瓷碎片來自北宋時期「雨過天青雲破處」的汝窯，如果是完整的將高達一億美金，還可能「有行無市」那就是有錢都買不到，市場買氣承接力後勢強勁。方教授當下宣布明天起由此地點為中心，擴大圓周直徑範圍，往西延伸至十公里的陡降深海大陸棚區域繼續探索搜尋，或許能找到完整的汝窯青瓷。

福妹和建仔繼續將下午潛水寶藏中心位置的數位影像聲紋，專業對比了台灣東北側龜山島和與那國島的迴旋音波頻率，依然跟方教授早年深入採集美國東南角邁阿密、波多黎各、巴哈馬群島一線，到英屬百慕達群島的大西洋海底那個「百慕達三角洲」，高頻結合低頻聲線分毫不差。

福妹心思靈動私下發現：他們五人小組發展進行中的整個過程，彷彿正在重演方教授十九年前在百慕達潛水探險的經歷；但是，方教授明顯尚有多所隱瞞保留，這些都令福妹直覺有種極其不祥的預兆，於是她急躁大聲勸阻，主張明天應該停止計劃立刻返回台北。此舉引爆思父心切的小灣極度不諒解，她認為福妹根本是偏愛阿台而自私不想讓先鋒潛員遭遇危險，於是小灣自告奮勇擔任明天第一波下海至一公里外水深四十米危險海域的先遣部隊。

幾經討論勸說，方教授決定由建仔和小灣搭配成一組，用照明燈探路率先前進更深處海底。福妹則百口莫辯，偏偏身為分析數碼影像高手的她確實在方教授後續的紀錄影片裡，預先看到了「未來恐怖的劇本」。

她發現方教授當年的紀錄片真的就在拍攝到撈起眾多中世紀陶瓷煙斗與古董玻璃器皿的寶藏後，隔天即在海底遭遇強烈高壓電磁波雜訊，穿刺大腦侵襲干擾！影片中教授的精神肉體被雙管攻擊下，卻不知道海底無所不在的「敵人」在哪裡？最後方教授疑似在右後腰部位被莫名鑽射植入了一根體內平行管線，才逃過一劫，差點葬身海底。儘管這個舊疤有如新傷的無底洞一直留在方教授的腰上，他卻不願提起也不肯給別人看。福妹自是不敢再危言聳聽，連她哥哥建仔追問都不肯再多做揣測，只祈禱未來的劇情不會照著教授的老紀錄片急轉直下。

雲嘉外傘頂洲風暴

夜裡大家住在外傘頂洲搭建雙層竹架的工寮裡，野炊烹煮晚餐特別香，引來幾隻跟漁船混過來的肥田鼠吱吱在叫，露出明亮眸子看著這群各有心事的人們。毫無光害的夜晚，漆黑的天空高掛著代表維納斯愛與美的金星明亮無比，它就是天頂那最亮的一顆星。彎彎的上弦新月跟盤據天際另一邊的獵戶座遙相輝映，掛在銀河星雲兩端。不一會兒金仙座流星雨忽然在大家驚叫的許願聲中紛紛落下，外傘頂洲頓時變成五人相依為命的小舟，誘發他們逐一說出了自己的心事……。

方教授學養豐厚穩健踏實如「土」，說到自己這輩子會去戮力旅行、教書，都是為了癱瘓二十多年的母親，從小他都是在病床邊畫著圖陪伴照顧殘疾的媽媽。上學讀書開始他就更加立志於一定要代替母親的雙眼和雙腳，看遍也走遍所有外面的世界，回來再講故事給媽媽聽。正因如此，方教授非常了解小灣思念並想極力營救父親的心情，何況他對於當年造成國忠船長和小芬分手總在內心愧疚不已。

只是他萬萬沒有想到彷彿「平行宇宙」輪迴交錯的探險過程，居然把所有的發展經過，以及困境難題遭遇、再到關鍵答案，全部都藏在自己過往田調曾拍攝橫跨二十二年的老舊紀錄影片裡面。尤其是從那一晚回到花蓮馬太鞍「情人之夜」與小芬重燃愛火開始，他驚覺認知到：福妹所發現輪迴的另一個更複雜的「三角習題」已然倒數讀秒展開，而且現在連他的四個學生都被牽扯進來，身陷比過去更為複雜糾結的感情業力。於是方教授一面搭手到小灣的肩上，勸說放棄明天的行動，另一方面腦波感應又恍然頓悟：那些老舊的紀錄片從早年「情人之夜」的三角戀，延伸連線到全球險象環生的海洋田野調查影片，根本就是他自己建構的另一個鏡像輪迴的「宇宙平行時空」。

原來所有禁地解碼的謎底和關鍵劇本，每每正依序隱身藏匿在今昔對比的眉角裡面，誰也逃不出來！

「啊！我懂了——我爸爸必定也被藏在裡面逃出不來！」

小灣突然大叫一聲！她靠在方教授的左臂和左胸，好像接收到老師的心脈電波，竟喊出了一樣奇幻的感應。

在方教授身上屢屢嗅到父親神貌的小灣，柔順剛毅適應力強如「水」，那晚夢境卻是如此真實，自己目睹了教授和父親那段刻骨銘心的煎熬。小灣當然不知道自己、福妹與阿台正在同時上演著有如當年「邦正、國忠與小芬」那一場性別對調，結局卻可能相同悲慘的故事。畢竟這另一邊，「建仔、阿台與小灣」也有一場對應的感情債要還，目前誰都看不到未來可能的結局……。難道一定要犧牲死去其中哪個人，才能順利演繹下去嗎？

小灣彷彿胸有成竹，她力排眾議明天偏要跳入這宿命磨考劫難的圈套，正因著她深信父親和「花蓮一號」鐵砂船既然都被困在裡面，唯有如此否則絕對救不到爸爸。此時方教授不由自主地突然代替起慈父的角色，盡把當年虧欠的債，全都用愛加倍奉還給陳國忠的女兒。小灣在他的懷裡泣不成聲，訴說她有多想念失蹤多年的爸爸，其實她最後悔的是：從小她就是不肯喊陳國忠一聲「爸爸」，又死也不給這經常不在家，總是出海而在她生命中處處缺席的臭男人親親抱抱。

小灣從小就對於跑船的父親若即若離，眼前卻把強烈潛意識的「戀父情結」投射在方教授的身上，連一旁對她愛慕的建仔和阿台都醋意十足。哭得梨花帶雨的小灣把教授胸口蔚藍色襯衫染濕一大片，居然往上快貼到了教授的面頰，雙脣已然微微碰觸。儘管教授技巧調整坐姿，把她的臉下移，溫柔摟進懷裡，但福妹已在一旁默默竊喜：小灣不會跟她搶阿台了。

此際五人深刻理解他們就是藏在方教授老記錄片裡的一個命運共同體，非要把影片裡虛擬實境對照糾纏的每一個遊戲關卡，全數完勝通過，才能把全員一併解脫出來。

其實說到阿台，根本是個毫無自信的人，他藉由鍛鍊精壯的體魄、開朗俊美的健康陽光形象，根本是在處處掩飾自己從小在孤兒院曾被霸凌羞辱傷害的脆弱心靈。阿台敦厚善良外剛內柔是「木」，沒有人知道他的內心世界躲藏了一個柔荏的小小孩。他懼怕同齡人強勢欺負或無底洞般的刁難求索；他渴望得到大人的擁抱，並且時時刻刻把自己保護在安心的避風港裡。這份對親人的企盼，讓他下定決心幫小灣找回爸爸。小灣總比阿台幸運，至少還知道自己的爸爸是誰？他卻卑微到連有關爸爸的夢都不敢做。

回憶童年，每當去孤兒院挑選領養孩子的不孕夫婦走近他的身邊，總是刻意跳過這個當時瘦小蒼白又憂鬱孤僻的男孩。直到他發奮讀書考上大學又領到獎學金，才自我徹徹底底改造，重新調整原廠輸出所設定的命運。尤其他修到方教授的課更如獲至寶，正因為老師教課所準備的教具收藏甚豐，每次趕著下課短短十分鐘都靠阿台主動幫忙整理搬運，深得方教授偏愛倚重，令阿台更具信心。

有一次方教授的「天鳴鐘」遺忘在教室講桌上，剛好阿台經過門外瞥見發現，他毫不假思索衝進會計學女教授的講桌旁，突然以求婚的高跪姿勢展開雙手向她敬禮，接著像個淘氣俊帥的小道士，起身一把搶走講桌上的「天鳴鐘」，搖著鈴鐺搞笑耍寶來去一陣風，引來敗犬大齡剩女老師，還有全班情竇初開的青澀學妹們春心蕩漾、熱烈歡呼。此舉對於原本內心自卑的阿台根本就做不出來的，然而一旦得自方教授的器重鼓勵，便湧現油然而生的力量，讓他的個性變得如此活潑熱忱、勇往直前。

那天方教授正在研究室裡，心急如焚就是遍尋不著「天鳴鐘」之際，腦海閃過百慕達潛水遇難時聽到的α音波、閃過童年跳在母親病房臨床唱歌給媽媽聽的α音波……，好像這些全都藏在天鳴鐘的聲紋密碼裡，一旦遺失必將斷絕一切跟母親以及多年探索古文明密碼的線索！

阿台適時敲門歸還，方教授看到後喜出望外，一手就把阿台拉進懷裡，摟得緊緊以示由衷感謝。此舉讓阿台感動到熱淚盈眶，方教授發現他的生命必有委屈，於是摸摸他的頭並拭去淚水。阿台瞬間感觸到有種無法名狀的電流竄入腦海，難道被父親擁抱就是這種感覺嗎？這是阿台今生第一次跟另一個人的軀體這麼接近，迷濛眩惑的複雜情懷又像父子又如情人，彷彿像是「女媧補天」般一點一滴，精巧修繕彌補著每一個育幼院童終生期待卻永不可及的夢。

方教授不經意一低頭，看到阿台撐開的襯衫衣領前襟胸口上，有一塊明顯激似「台灣地圖形狀」的鮮紅胎記，剛好落在其雙乳之間的膻中穴位，分外醒目。

強力壓抑著內心澎湃的思緒，方教授恍惚間似乎正輪迴重疊回到了二十二年前馬太鞍「情人之夜」的前一晚，邦正和國忠邊喝酒邊聊天，到了半夜昏睡得迷迷糊糊之餘，也不知怎麼順著酩酊醉意，兩人就像這樣稱兄道弟搭在了一起。

另一方面，阿台瞬間理解到自己內心對小灣，原來不是「愛」，而是「醋」。因為他發現：當他看到外傘頂洲上，此刻方教授的手搭肩撫慰小灣尋父的悲傷時，自己竟然會矛盾地也想分到更多來自方教授父愛般的關懷擁抱；偏偏阿台頂天立地堅毅健朗的外型，絲毫無人察覺盤據於他內心揮之不去的「悲慘世界」。於是阿台湊過身子像小孩一樣，將下巴撐在教授飽滿的膝蓋上，抬頭好似深情望著正在方老師懷裡思親哭泣的小灣；其實他在定睛凝視著方教授睿智的臉，多希望教授的另一隻手或許也能夠撫按到自己的頭上來。

至於跟阿台都算是「麻吉」知交的福建兄妹，其中哥哥建仔剛強沉穩、真誠磊落如「金」，即使早在阿美族「情人之夜」就已經知道：小灣會在他倆同班同學之間選擇阿台的殘酷事實，不過他仍願癡情等待，也與阿台之間依舊維持心緒磊落光亮的金石之交。建仔確實具有極大的度量願意成全他們，雖然他難免僥倖心懷上次賭贏「海豚為何總愛跟隨船隻行進」的小確幸，就是求阿台答應把小灣讓給他，帶回廈門。此舉跟標準答案「省力」相較之下，一點也不省力，著實費力到一蹋糊塗。

此刻，五人當中內心最矛盾的人算是福妹了。

福妹個性堅毅直率，行動力快速如「火」，從不掩飾自己對阿台的熱情似火。不過同樣情人之夜尷尬撞上跟小灣一起給阿台送檳榔示愛在先，此際又被小灣為了明天的潛水任務爭執誤會在後，現在她當然更不好在感情上再跟同窗閨蜜針鋒相對；於是她說出了自己跟雙胞胎哥哥建仔心底最悲傷的事。

就在他們兄妹倆出發來台灣做年度兩岸交換學生的那一天，為免愛犬泥寶目睹小主人雙雙離去而不捨，故意提早支開狗狗。不料這隻充滿靈性的「毛孩子」還是感應嗅到分離的氣息。偏偏泥寶在對街眼睜睜目睹小主人兄妹正搬大行李上車，於是奮力掙脫傭人遛狗牽拉的粗繩索，不顧一切衝過來，當場被大卡車撞死。奄奄一息之際，愛犬嗚咽呻吟出像「天鳴鐘」一樣迴旋不止的聲波，讓建仔和福妹哭倒在地，悲痛欲絕。

他們兄妹不斷回想：

如果我們不來台灣，泥寶是否就不會死？如果明天我們不繼續在這詭異的「大東亞百慕達」潛水，我們五人之中是不是就不會有任何一人遇難，墜入生死一線間的危險深淵，命喪黃泉？

龍王颱風迴旋聲波

經過這一夜的交心長談，如「易卦五行——木火土金水」的五個人，無論說出口的抑或內心體會到的，都讓他們更加同舟共濟，緊密牽繫在一起。夜更深了，彎彎的上弦月爬到西邊天頂像是張嘴，剛好跟兩隻眼睛金星與火星組合成為一個天文奇景的「笑臉」，掛在天上。他們不知道從昨晚的彩霞到今晨的朝雲之所以如此絕美動人，乃是有一個中度颱風「龍王」正由南方巴士海峽轉向，已增為強颱直撲台灣海峽而來，他們遠處在海上的外傘頂洲，並沒有通訊設備以致渾然不知。

清早大家整裝收拾，駕船抵達一公里外四十米深的陡降海域，當水下聲納探測的儀器顯示出有類似船形物體確切在定位的下方後，小灣和建仔依照編組揹著第一支空氣瓶下海。

果然，他們立刻遭遇到巨大電波磁力的干擾，特別是超大的迴旋音波像裝置了擴大器一樣，兩人的耳膜都被震破流出鮮血。到底這是大海蓄意不讓他們接近寶藏，還是「龍王」好心提醒他們熱帶氣旋逐漸逼近這片海域，暗示他們必須即刻死了這條心儘速離去。隨後其他三人也紛紛下海馳援，突然颱風外圍環流翻攪起超級漩渦海流把他們五人沖散，瓷盤變成血滴子水刀般在波濤裡削切撞擊，千件骨董碎片盡成鋒銳刨刃，盡隨狂浪雨疏風驟四拋散落海底。阿台和建仔各抓到了小灣的一隻手死也不放，硬把昏迷的小灣拖上船來，方教授與福妹也爬回喘息，眾人驚魂甫定。

福妹反覆用熟練的心肺復甦術施救小灣，繼續以口對口人工呼吸再努力去搶救，但卻一直回天乏術。阿台跟建仔在兩側牽著小灣的手哭著，方教授也無奈的跪在小灣的頭邊束手無策，懊惱不已。

「唵——」

阿台趕緊機伶取出「天鳴鐘」環狀繞圈觸擊，奏出了奇幻的α音波。

大家漸漸平靜下來，小灣終於恢復了呼吸，但仍未完全清醒。原來小灣透過平靜的脈搏跟著旋律感知相應，進而逐步穿透了陰陽時空異次元的阻隔。大家不知道小灣正順著海底迴旋的音波走進了一艘巨大的鐵殼船體；其實小灣自小從來沒有去過爸爸工作的任何一艘船上，更別說最後失蹤的這一艘五千三百噸的鐵砂船。

小灣透明的身軀走進船裡，經過一個一個艙房，看到所有的船員都在做著每天循環既定的工作，沒有人看見她，也沒有人搭理她。小灣終於領略自己降臨到了懸浮在十六次元的平行異度空間，全體船員完全不知道他們發生了什麼事，也不知道他們每天反覆循環做著例行的船務工作，卻永遠無法抵達終點。

小灣如入無人之境，急切尋找她父親陳國忠船長的身影，最後在船橋裡見著了她朝思暮想的爸爸，只是雙方的頻率似乎差了一些，以至於怎麼貼近，爸爸都看不到她。小灣面對抽菸又嚼檳榔、豪放不羈的老爸跟前一直哭喊，還用柔嫩的手生平第一次碰觸到自己親生爸爸那張粗黑油膩的臉頰，爆哭淚崩到泣不成聲。爸爸卻無動於衷，偶爾感覺臉頰有一股冷冷癢癢的寒氣逼人，卻還是不知道親生女兒此刻就站在自己面前。小灣聲嘶力竭喊著「爸爸」，就跟方教授他們在外傘頂洲的船上喊著「小灣」一樣的。原來通連的關鍵在於兩邊必須調整到同頻共振的「天鳴鐘」音波才能重逢，這還更需要齊心協力傾注不可消融殆盡的真情……。

方教授接過「天鳴鐘」持續強勢響起迴旋音波，大家集中念力。小灣順著這股音波彷彿理出頭緒，慢慢找到了回來地球次元的路。昏迷了約莫十多分鐘的她突然醒來，但是小灣卻說她已經走了好幾天、好遠的路。醒來後的小灣與大家相擁而泣，經過患難見真情，彼此心靈更加牽繫，彌足珍貴。方教授如釋重負，接著四人細聽小灣詳述，她如何在十六次元平行時空裡，登上了「花蓮一號」鐵砂船，還見著了自己的爸爸云云……。大家只當她是受到嚴重驚嚇尚未回神而胡思亂講。

現在所有的物資、裝備都沒有了，他們回到外傘頂洲栓好空空的船隻，面對即將撲襲而來的強烈颱風「龍王」束手無策，顯然即將糧盡援絕。建仔和福妹不動聲色趴到麻布袋邊跟小出鼠玩，就像逗弄他們兄妹的亡犬泥寶一樣。不一會兒田鼠已經不太怕人，還爬到手上吃穀粒。方教授本想這倆廈門大學生不知死之將至還真有閒情逸致的興味，後來才明瞭原來兄妹最懂得動物習性，既然田鼠能在外傘頂洲長年存活，這裡絕對藏有秘密的救命物資。果不其然兩隻田鼠幫他們挖出了好幾袋漁民私藏的備用口糧，於是人鼠合作無間，躲在竹架搭建的簡易工寮裡，吃了劫後餘生的第一頓熱騰騰的飯菜。

外頭的風浪越來越大，阿台跟建仔用繩索補強固定工寮竹屋建物結構，福妹和小灣則將所有可用的物資撿拾搬進室內。相聚在這星月無光的狂風暴雨夜，陸續打來了滔天巨浪有如天崩地裂。聽到田鼠吱吱大叫，原來牠們還藏有五個小寶寶想一起遷入。就這樣五個人跟七隻鼠共處一室，度過了像《聖經創世紀》諾亞方舟休戚與共、同舟一命的「龍王」颱風夜。身處孤懸海上外傘頂洲顛簸震盪的夜晚，方教授用「天鳴鐘」的音波安定大家，風雨生信心。當晚，五個人又做了一個「同樣的夢」，其實是一起平和寧靜真正進入十六次元異度宇宙裡的「平行時空世界」。

屋外強颱狂風吼嘯而過，就像轉動雪竹棒環繞著這孤立海中，如懸鐘般的工寮圓周，迴旋震盪出碩大壯美的天鳴鐘聲，穿透大腦前額葉，匯聚眉心印堂松果體，眼觀鼻、鼻觀心、心觀宇宙。五人平靜感應α長波悠揚祥和的音律沖天鑽地、呼風喚雨、自遠而近、透外滲內，逐步一起登上了小灣爸爸駕駛的鐵砂船。總算雙方平行時空對應好音頻次元，這次陳國忠船長終於看到婷婷玉立的女兒小灣，兩人心領神會，第一次喜極而泣緊緊擁抱。在這同溫層臻善敦厚的十六次元平行時空裡，居然也讓其他四個人都一一彌補了自己現世的缺憾。

陳國忠驚訝女兒小灣成了方邦正的學生，昔日的誤會波折在教授促成他們父女重逢歡聚之際冰釋，三人溫馨擁抱在一起，當年三角戀情的糾葛怨讎全然煙消霧散。才回頭一看，方教授竟見纏病過世多年的母親健步如飛而來，媽媽年輕漂亮，擺脫了所有生前病痛殘疾癱瘓的折磨。阿台則是高高抱起了一個白皙瘦弱的小男孩又親又吻，原來那就是他童年孤獨無助的自己。建仔與福妹則是張開著雙臂，迎接朝他們從車水馬龍的對街狂奔飛躍而來的愛犬泥寶，跳到身上舔得滿頭滿臉，連他們的新寵物七隻大小田鼠都從衣服口袋裡爬上來，跟大狗玩成一團。

儘管沒有人能守住眼前的這一切，但是道出一句話、重溫一份情、感謝一段愛，雖然短暫、等同永恆，終將溫柔敦厚、身心安定、海內與共。

一旦我們真誠學會了珍惜現世的所有，同時透過「平行宇宙」異次元時空聲紋的同頻共振連結，彼此自將歲月靜好，悄然弭平了生命裡所有的缺憾。正因這永不枯竭，莫忘初衷的真情摯愛，使得你最思念的親友愛人、逝去的童年青春和寵物珍寶都將彼此永恆護持，長相左右……。他們從來就沒有離開過你，亦未曾消逝。原來這就是《心經》所敘述的那種「不生不滅，不垢不淨，不增不減」的狀態，也像《聖經》哥林多前書裡說到「愛是恆久忍耐，又有恩慈」的境界。

現在大家只要自在徜徉在「天鳴鐘」悠揚的樂音聲中，自然就會開啟聲波磁場迴旋交鳴的禁地解碼程式，我們便在當下穿越過宇宙陰陽時空異次元，伴卿救贖，轉瞬相濡以沫，無分軒輊。

方教授回到學校，開鎖走進研究室，看到地上塞入一封來自花蓮馬太鞍的信。信封上字跡秀麗，只是簡單寫著「方邦正教授親啟」。他展讀小芬寫來的信，字字句句細述了二十二年前，他不告而別之後所有發生的事……。

她提到國忠去跑遠洋、邦正也出國深造，兩人都銷聲匿跡之際，她卻發現自己懷孕了，不知道這到底是他倆誰的骨肉，至少明瞭自己不能在鄉下保守的部落裡未婚就大了肚子，於是她只有到高雄加工出口區去當女工，避開村民耳目。等到生下來餵奶一個月，實在無法維持生活，只有偷偷把男嬰抱到一個六龜的孤兒院門口，就此斷了音訊。

小芬信末寫到她非常悔恨自己對孩子的虧欠，只知道兒子倉促出世，哭聲很宏亮，胸口有一塊好像「台灣地圖形狀」的胎記……。

附錄

「死生之路」：解密導讀《大東亞百慕達》

蔚藍

我去澎湖旅行時，導遊介紹澎湖縣志所記載的「虎井澄淵」，是為八卦水域，國內潛水老前輩謝新曦受縣長之託，率領中華水下考古學會潛水到虎井嶼外海和東吉島一帶求證，眭澔平也曾經參與潛水探索，親身證實流傳以久的水下古石城遺址。

虎井沉城揭開台灣史前文明的面紗，推斷虎井古沈船可能來自冰河時期，海水下降，海棚露出的年代。若是屬實，上溯到一萬兩千年到一萬八千年前，不僅是改寫台灣史前歷史，更是世界重要史前文明考古的珍貴資產，將台灣考古推上國際舞台。難怪《上帝指紋》作者漢考克，特別遠到台灣，亦赴此地潛水蒐集第一手的古文明資料。

我曾在眭老師的旅行演講中，看過他的潛水影片，從東方的澎湖虎井沉城到西方的大西洋百慕達，其中有扭曲時空的消失三十五分鐘之謎。後來我又看到他在台灣東北外海的日本與那國島海底潛水，神奇的水下階梯狀巨石城又揭開了另一個謎。影片畫面上只見他優遊自在，有時他在海底竟連潛水面鏡和呼吸管都拔掉了，外人並不知潛水時的凶險四伏，稍有閃失，命在旦夕。

這篇別開生面的推理探險式文學角度，在台灣文學史上難得有圍繞台灣海洋為主題的作品。其中獨樹一幟的切入鋪陳角度，把龐雜的科普知識和海洋、水文、氣候、地理、歷史到人文風土資訊，條理分明地巧妙羅織。讀來極為引人入勝，不自覺也像身陷迷幻詭奇的海底，進入了文中七個主要角色人物，情愛錯綜糾葛的內心世界。

眭澔平的旅行冒險家身分，不在博命演出，而是在世界文明史的專業田野調查過程中，一步一腳印，結合他新聞採訪攝影製作報導的資深傳媒歷練，上天下海去虔心探索全世界地球村所有的未解之謎。其實我所陸續看到的影片，僅佔他三十年來環遊世界兩百國，獨立製片拍攝七千餘小時影片裡的鳳毛麟角。最難得的是他將這些見聞經歷的豐富素材紀錄，進一步文創出全方位、多媒材的各類精緻作品。其中紀錄片電影最新囊括了二〇二四第五十七屆休士頓國際影展的金牌獎與銀牌獎，同時轉化成不同媒材的文創作品也在各斜槓領域裡大放異彩：廣播電視的節目新聞作品榮獲五座金鐘獎、演唱製作的音樂唱片得到五座金曲獎，還有美術設計的台大校徽獎、學術研究的美國亞洲協會年度論文獎、報導文學的時報文學獎。

眭老師的傳承使命感，除了在大學授課外，將考古知識製作影片成為科普常識，不忍人類千萬年的共同文化遺產日漸消失，今日又以科幻小說的形式，成為創作的養分，虛中有實，實中有虛，意圖讓讀者閱讀時更有想像的空間。

其中，小說提及大半個台灣是被籠罩在一個如馬蹄形或是A字型的超級巨大的「天鳴鐘」裡，西側是澎湖海域的黑水溝與虎井沉城，東側是花蓮一號鐵砂船失蹤沿線與鄰近的與那國島沉城。巧合的是，此區域的緯度皆在北回歸線二十三點五度到神奇北緯三十度之間的海域。至於經度方面，英屬的「大西洋百慕達」在西經六十度；我們台灣的「大東亞百慕達」恰居於其正後方的東經一百二十度。

這中北台灣兩側的沉城，似乎悄然呼應著古埃及法老聖籲、希臘柏拉圖《理想國》裡，明確據實記載的西洋沉城：亞特蘭提斯。如果讀者對小說背景有所瞭解，更能讀出書中細節安排的絕妙，以及作者同時雙管齊下，掌握科技與文化資訊來說故事的超強功力。

試問有哪位作家會為了一篇小說創作，潛入海底驗證筆下世界與古代文明相連結？抑或是哪位潛水家／冒險家潛入水中後，將水中世界以文字書寫成一篇科幻小說？這樣的創作動機誘使讀者在古今虛實之間，同樣成為了一名過癮的「文字探險家」。

小說中以「小灣尋找鐵砂船失蹤的爸爸」為引子，帶出另一個意想不到的結局。劇情以當年真實的新聞事件為基底展開：

◎二〇〇〇年「花蓮一號」五千三百噸鐵砂船從花蓮港出海後失蹤，目的地台北港。

◎二〇〇五年「瑞太八號」五千一百七十噸鐵砂船從花蓮港出海後失蹤，目的地石垣島。

在閱讀眭澔平的文學創作中，他非常重視小標題，那是最精簡、最精華的提示，讓讀者不會在文字迷宮裡悠晃迷路，這八個標題就是「餌」，誘使讀者的手指黏在書頁上，每個標題都是疑問和解密的過程，這正是小說的精神所在，連結、緣由、因果。

你以為這些都是作者的虛構嗎？作者最後以日月水火金木土的易卦五行，點出七人錯綜複雜的關係和所代表的意義，讓角色更深化、更立體、更有說服力。你看出作者要傳達的是親情、友情、愛情的感情線，他們像掌紋一樣彼此牽連，交錯發展，卻又息息相關的人際圖。

這小說掌紋牽繫了七個人的生命線、情愛線、家庭線、人際線；有平輩的友愛、有長輩的關懷、有性格的吸引、有現實的衝突。加上海洋環境的背景，考古資料的敘述，處處巧思羅織成一段渺小卻不凡的生命史詩。文中處處暗藏玄機、皆是作者數十次實地旅行、田野調查、採訪拍攝所積累的資料素材，難得在這樣一個開闊的文體架構下，適得其所地安排在小說動人的劇情內。

一般人無法像眭澔平獨自到大西洋的百慕達三角洲潛水探險，卻在他的《大東亞百慕達》的文字裡看見了台灣獨特的自然地理與海洋環境，從陸與海、虛與實、幻與真、生與死、男與女、老與少、昔與今的對話，千絲萬縷勾勒出人情之間的相互關聯，這也是讀完這篇小說的意外收穫。

最後請看我整理的以下七位主要角色，錯綜複雜的感情圖：

■日月水火金木土＝易卦五行
（七人錯綜複雜之親情＋友情＋愛情＝感情圖）：

↙陳國忠（日）↘ ⇆ ↙小芬（月）↘
↓ ↘ ↙ ↓
↓ ↖方邦正教授（土）↗ ↓
↖ ↗ ↖ ↗
↖ 小灣（水） ↗ ⇆ ↖ 阿台（木） ↗

建仔（金）↑ ⇆ ↑福妹（火）

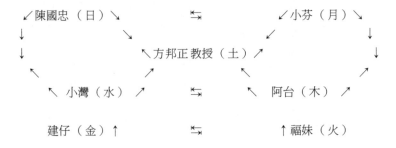

三部曲

阿里棒棒的家——看見南島海洋

矛盾殘渣島

穿越水芋田埂，看到媽媽正彎著腰吃力地在拔草，我忍不住叫出聲來：

「媽！我回來了！」

「哦！阿海快回家，阿爸在等你吃午飯！我早就煮好魚湯在等你啦！」

透過鮮綠的芋葉映在正午烈日反射的水光，我能更清楚看到低著頭的母親刻劃在臉上的皺紋，每一道都像是我一路在這朗島部落裡出生、成長、外出求學、漂流打工，一直到現在因為新冠疫情轉劇而被解雇失業回來的歷程。只是當年雄心壯志，只想去台灣本島闖天下的我，萬萬沒料到自己有一天也會像爸爸一樣：從台中做建築板模到四處打零工，淹沒在城市都會的眩惑聲光裡，既沒有賺到錢也沒有創到業，又這麼雙手空空地回到永遠不會嫌棄我的達悟故鄉。

走過上下部落交會處的矛盾畸形景觀，左邊是早年政府強制拆除我們的傳統建築，硬是蓋上了每戶四坪不到、燠熱難耐僅能養豬的國民住宅；右邊則是以雅美主屋、工作房和涼亭組合成的遮風避雨、冬暖夏涼、排水順暢的傳統地下建築群。

在台灣本島從來就聽不到達悟人的聲音，我們的父祖輩都像是一群沒有聲帶的人，就算講話也人微言輕。早年看著自己的部落男子被要求，不准穿暴露的丁字褲、不准住落後的地下屋；但是卻把本島的政治犯放過來關在勵德班和永興農場，後來不只「人渣」運來了這裡，一九八一年到一九九六年更把他們不要的核廢料「殘渣」也放到了我們的家園，形成一個與蘭嶼奇岩海洋的天然美景共存，另外一個畸形對比的諷刺。

曾幾何時我們的「人之島」，被稱為「紅頭嶼」，又因為一九四七年盛產的白花原生種蝴蝶蘭，得到日本花卉展大獎而改名為「蘭嶼」，我們雖然也沒有置喙的機會，但是從一八九七年日本鳥居龍藏把我們定名為「雅美」人，能在後來正名為「達悟」族已經相當不容易。最重要的關鍵並非僅是我們不被重視，這次回鄉我才開始自我檢討，根本的原因其實是來自於我們年輕一輩對自己達悟文化傳統的疏離陌生不重視。所以這次從看到玉女岩，走進這蘭嶼六部落裡領地最大的朗島，我就下定決心，一定要重新學習划獨木舟、捕飛魚，讓我接受達悟優美傳統海洋智慧的薰陶洗禮。

「阿爸！我要去捕飛魚！」我迫不急待地說。

「啊！阿海你怎麼會想去找『阿里棒棒』？」爸爸驚訝地用達悟語問我。

「那要詢問漁團長老，看他哪天出海？是不是接受你的加入？真奇怪，以前我怎麼拉你，你都不肯去捕飛魚，丁字褲也不願意穿，怎麼這次一回家就想去捕飛魚……？」

爸爸無法理解地自言自語起來，我乖乖坐在涼亭裡陪他吃芋頭、喝魚湯，總算他願意帶我去見長老。不過我偷偷瞄到爸爸的眼裡有一絲欣慰，他不斷揮舞著手掌，跟我講述十幾年前跟著「天神之魚」阿里棒棒飛魚划船的心得。我看他右手被工地鋒利的機具意外公傷切斷的兩截無名指與小拇指，剩下連結手掌的末段仍然靈巧地在晃動，身體乘載著他那一段到台灣都市討生活，習慣卑躬屈膝的悲慘樣貌。這些印象一再提醒著我：父親是這樣辛苦地在城市與偏鄉巨大的落差夾縫中，將我拉拔長大。以往父子倆哪有時間、哪有機會像此刻這樣，迎著四月的西南季風和溫暖的黑潮，猶如東邊的雙獅岩那樣，如此清晰對望談天！我們就像大森山、大天池到青青草原陡坡上兀自迎風搖曳、自在悠閒的小百合一樣前俯後仰，開懷暢聊。

我準備了一條台中買回來的長壽香煙孝敬長老。

在低於地面一兩公尺的主屋上方，看到招魚祭之後，第一次捕到的飛魚乾正曬在望海「靠背石」的前方，一隻隻對剖、從眼睛處挖空穿過草繩，掛在風中，飄來大海熟悉的氣息。我們都在等待捕到第一隻鬼頭刀的時候，要擺出老祖先留下來的木雕權杖、銀盔和赭紅瑪瑙項鍊，以昭告族人，並且感謝飛魚為我們達悟子民帶來豐收圓滿的幸福。

長老正在喝好大一碗的魚湯，竟然面無表情，一句話也不說，連我帶去的禮物都不用正眼瞧一下。我心想儘管爸爸在他耳邊講了又講，他也許仍將斷然拒絕我這個二十年來對家鄉捕魚文化不屑一顧的青年。

都怪我過去太不懂事，總是對長輩不尊敬，還不願換上傳統服裝，更不肯參與漁團的教育訓練和划舟捕魚活動，現在被拒於門外也是活該遭唾棄的。沒想到，長老把裝魚湯的大碗，傳到了我的手中，對我點了點頭，讓我喝。滿臉笑意的爸爸，急忙用他右手的斷指強壓低我的頭，要我向長老鞠躬致謝，再強灌了我喝下一大口魚湯，教我一頭霧水？隨即爸爸就拉我離開了，這時他才跟我詳細解釋：

「我們達悟捕飛魚之前是不可以大聲張揚的，不然五孔洞那邊的惡靈聽到會來破壞。所以全然皆靠彼此眼波目光視線的心領神會。漁團長老只消給你喝魚湯，再講一句『明天清晨』，眾人就可以自動自發分頭到岸邊集合等待。屆時一旦湊齊二十個壯丁，兩名長老便會各自在跳上船尾坐鎮，率領兩艘獨木舟各十人平行划槳出發捕飛魚，猶如千軍萬馬豪壯出征。」

「既然長老給予我們這樣簡單的點頭喝魚湯，當然就表示他已經代表接納了你的參與啦！明天一大早，你絕對不能賴床，必須提早在天沒亮前就到朗島村的岸邊等待，要是你沒擠進前二十名勇士，就再等下次了。」

夾擊飛魚群

我真是喜出望外，一夜都興奮到睡不著，果然天色微明我早就換好母親幫我編織多年首次穿著的藍白苧麻丁字褲，拿好蛙鏡毛巾，跑到岸邊。竟然好幾位村民比我更早就已經蹲在船邊等待，我趕緊加入。大家神情肅穆不發一語，連招呼都不可以打，原來這就是達悟捕魚前眾人遵守的老規矩。

不久，兩位漁團的長老來到，大家還是沒有一句招呼寒暄，謹守雅美傳統捕魚出海前禁語的規矩。緊接著，村民井然有序登船分工、備妥雙槳；兩艘十人坐的大獨木舟在爸爸和幾位長輩從岸邊的牽引推動下，滑入海中，二十個青年立刻揚起兩船四十支木槳奮力前行。趁在乳頭鋒腳邊的旭日從東清灣方向慢慢灑來朗島之際，我們專注雙手操作划槳，耳朵則仔細聆聽船尾的長老指揮，示意我們右舷放緩，還是左翼加強，以便微調舟體前進的方向。

我甚為驚訝的是，居然長老能把我們從小光著屁股就游遍的朗島海面，每約略十平方公尺都能一一喊出不同的達悟名字。對於外人看起來一望無際的湛藍水波，長老卻分辨得出細微深淺的界線。在他們的大腦裡簡直藏著一幅透視海象的水文圖，兼有聲納探測感應，足以輕鬆偵測飛魚群大軍集結移動的精確路徑。因為，我發現原本平行緊鄰好似正在競速的兩艘毫無馬達機械動力的傳統雅美菱角型獨木舟，竟然漸漸地拉大了間距，可是依然比肩齊步聽從指揮，同步直行或轉彎前進。

終於兩船相距達到差不多兩三個船身長度之時，長老瞬間下令兩船後段各五名勇士，即刻放下固定於兩側的船槳，紛紛躍入水中並隨船繼續向前用雙腳賣力打水前游。從空中鳥瞰才能一目了然，捕魚隊形演變成兩艘獨木舟各由前段五名青年在划船，接受長老的聲音指揮調整方向，而兩船中間則有十名青年排成一線同步游泳前進，他們雖然聽不到長老的指令，但是餘光都可以感受到兩舟的靠攏或疏遠而配合，成為不偏不倚共同一致的方位。

我帶好蛙鏡向海底望去，原來前方正是一個巨大的飛魚群，終於理解為何漁民要編排成這樣君臣佐使、乾濕分離的互助進攻戰略隊形。充滿智慧的長老，彷彿具備南島海洋民族獨具感知的超能力，完全亦步亦趨地尾隨魚群的路線蹤跡，因此眼見包含我在內的十名青年，原來是在飛魚的後方驚嚇驅趕牠們加速往前竄游。

等到我猛一抬頭，兩艘獨木舟早就超前我們的速度，距離十個人的垂直橫向火線已多到三個船身之遙，並且正巧妙地把船首同步向中線合併。兩位坐鎮船尾的長老立刻熟稔地傳遞大魚網，雙手緊拉之餘，兩艘船體又在其調度下，迅速向外側平行位移，並且說時遲那時快在船頭拋下巨網。只見飛魚群面對前有天羅地網，無路可逃，後有吾輩打水迫近的火線追兵，飛魚群終於在被兩面夾擊之下向前觸網，只有開始洄遊成為海底壯觀的「飛魚龍捲風」奇景。

我身旁的青年看我愣在海中正目不暇給嘆為觀止，趕忙拉我潛入前方海底。即使沒有任何明確的語言指令進行交流傳授，我也意會明白——靠我們十個趕魚的人一半，繼續憋氣下潛至前方二十公尺，同心協力拉住懸垂在前方海裡另一端的魚網，小心翼翼地穿越過魚群繞圈的底部，直接包夾圍捕，大豐收。

就這樣來來回回一共七次的飛魚大收穫，輪流拋入兩艘獨木舟的船內，始知老祖先獨步全球的拼板獨木舟設計，不但不同比重如麵包樹，芒果龍眼木，擺放船身適切的不同位置，也以尖削的V字型船底既能充當漁獲倉儲又可以因其重量平穩船身。爬回獨木舟，我低頭看到自己下半身都是淹沒腳目的飛魚，斑點的雙翅在陽光燦爛下螢光閃閃、斑爛奪目。大家的臉上堆滿著笑容，喜不自勝。

揮棒鬼頭刀

突然間，一片彩色的光影掠過我們的眼前，眾人大聲驚呼！我直覺以國小落選棒球選手的標準揮槳姿勢，對其當頭猛力迎擊，只見大夥兒都還沒看清楚是什麼東西之下，已經被我打出了一支三壘安打，是一條銀亮七彩的大魚，直接被我甩到了平行鄰船長老的胯下。

長老高聲大喊：

「鬼頭刀呀！」

「二十年沒有捕到過啦！」

「今年飛魚祭我們朗島終於可以榮耀地在六部落露臉，鋪掛出第一隻鬼頭刀了！」

我立刻成為漁團最高的榮譽、最大的英雄，沒有人再記得我從小學競選棒球隊長就失利、一直到讀書工作全盤皆墨的失意，那些林林總總都歸屬於「人生失敗組」的羞辱紀錄。我回頭看到准許我加入捕飛魚行列的長老，對我頻頻快慰點頭，自豪他的高瞻遠矚。長老的獨到眼光不但看得到海裡的飛魚群，也沒有看錯我阿海就是個可造之材。

大家隨著划槳的律動，朝向海蝕玉女岩的岸邊邁進，久久沒聽到的嘹亮傳唱，把豐收歌謠聲聲響徹雲霄。我遠眺岸邊的婦女們一聽聞得知我們大豐收歌聲的訊號時，立即換上跟獨木舟一樣的紅白黑三色肚兜前襟，手勾著手面對海洋站成一排，半蹲起赤腳的雙膝，上下擺動飛甩如波濤規律起伏的「頭髮舞」，迎接兩船歸航。她們用洗小米水和椰子油保養出閃亮亮的黑髮，交相輝映在燦爛艷陽和粼粼波光的灩影下，我看到站在第一位領唱的可不就是我的母親——她真像回春到了自己浪漫的少女時代，如此輕盈活潑，怡然自得，彷彿所有人事的摧磨打擊都不曾出現過。

我看到一旁盯著媽媽瞧的父親也看直了雙眼，好像初戀一般對著自己心儀的愛人在傻傻地笑，其中還帶著點兒淡淡的羞赧。

這一刻我的汗水和淚水交融在眼中，一片模糊，一家三口又回到了我的兒時，通宵躺在涼快的國民住宅屋頂睡覺，又一起從山上吃力也協力地搬回來造獨木舟的木料。那個忠厚誠實的年代，誰在山裡撿到樹幹，只要在上面刻一個字，就不會有第二個人去偷竊搶奪，據為己有。可惜我一向瘦弱，叫做阿海，結果是山上的樹也搬不動，海裡的魚也不會撈，全靠老來得子的爸媽一路照顧我、掩護我，全都靠他們老夫妻自行牛步搬運，還騙村民說好讓我專心讀書。沒想到最後我連台東成功水產學校蘭嶼分校的海事科都讀不完，沒有畢業；現在又被連續三年的大疫之年打敗，沒路能走、無路可退，只有默默捲著舖蓋還鄉。毫無衣錦，只是還鄉……。

兩艘獨木舟登岸，全村的鄉民都圍過來熱烈喝采，我竟然被其他十九名青年高舉起來歡呼，長老眼中閃著淚光，雙手好像西藏活佛捧著哈達一樣，將我捕獲的鬼頭刀也向民眾大肆炫耀高舉，整個朗島部落歡聲雷動。大家都在說：

「東清、椰油、紅頭、漁人、野銀加上朗島六個部落，已經多年沒有在飛魚祭開張的四月出現好兆頭，捕捉到這麼大的一尾鬼頭刀了。今年居然是由一名首次加入漁團的新手斬獲，而且把魚打昏沒有一點血刃的傷口，完美無瑕，這實在正是獻給祖靈天神最好的獻禮，也象徵今年種植的小米必定會同樣大豐收的！」

老爸老媽從人群中焦急地向我擠過來，一聽到大功臣是他們的兒子阿海，霎時喜極而泣，跑過來緊緊地抱住我，我們全家人今生第一次相擁嚎啕，泣不成聲。

此舉真的是把我二十年來所有不如意、不滿足的人生陰霾一掃而空，這更是我第一次得以榮耀我達悟最親愛的父母和鄉土。

岸邊的村民忙碌計算著總共捕獲了兩千四百七十八尾飛魚，接著也讓我感動的是：所有的飛魚依照蘭嶼傳統禮俗規矩，全部將平均分配給六十二個村民，不管他們有沒有加入漁團捕魚，也無論男女老少、鰥寡孤獨。最後，包括我，每人都公平地分到了四十二條飛魚，真是一個溫暖的達悟大家族。

我和爸媽在長老的帶領下來到下部落傳統地下屋的上端，我捧著鬼頭刀，祭司交給爸媽家裡主屋深藏多年的銀盔、權杖和瑪瑙銅片項鍊。祭司也到附近抓來一隻蘭嶼特有種迷你香香豬，一手捏著脖子後背、一手拿起小刀切了豬耳朵一小道傷口，流出鮮血祭奠到鬼頭刀的魚頭部位，獻給護佑達悟族人的遠古祖先。

長老欣慰地說：

「我終於可以把深藏多年的寶物，驕傲地掛在我們朗島的村口，伴著鬼頭刀迎風閃爍搖曳，無愧先人。尤其是在今天這個傳統漁團人力捕魚沒落、年輕世代大量外流、部落人口老化、文化式微的蘭嶼，終於等了二十年，等到了一名青年來傳承。我死也瞑目。」

注視著爸媽凝望著長老的眼睛，我也像達悟漁團出海捕魚的默契，完全只用意會，不必言傳，淋漓盡致地感應到他們臉上的滿足和欣慰，竟然也都是在淌著淚水的眼中，跟我訴說：

「終於等了二十年，等到我們的乖兒子阿海，真正浪子回頭了！」

我的心砰砰地跳，我內在也有一個聲音，一再竄升出來跟自己說著：

「終於等了二十年，終於等到我自己真正歸屬融入了我最熱愛的南島蘭嶼故鄉——達悟阿里棒棒的家。」

附錄

「揚眉之路」：解密導讀《阿里棒棒的家》

蔚藍

讀畢「阿里棒棒的家」，讀者是否和我一樣好奇，想探問作者的創作緣由？瞭解創作緣由，對於解讀作品將會有更深層的理解。

一九九四年眭澔平是最後一個親身採訪到蘭嶼朗島村傳統漁業的外地人，參與最後一次最古老捕飛魚的活動。當時的長老（現今都過世了）坐在船尾，他深信傳統達悟族的祖訓戒律：前一天不能大肆張揚捕魚計畫，否則被惡鬼得知出航會遭厄運。當時的全人力捕魚與現在的機動捕魚方式不同，眭澔平的全程參與和影像紀錄，化作這篇小說裡的天神之魚「阿里棒棒」（飛魚），更顯得難能可貴。

眭澔平以採集者的第一視角去認識、去瞭解、去深入。他化身成一名在台北都會鬱鬱不得志的雅美青年，在疫情肆虐毫無工作機會下，默默回到自己原本鄙視疏離的鄉土。竟然重新用自己實際參與漁團傳統獨木舟捕飛魚的行動中，找到鄉土草根裡的生命意義價值。

為了拍攝影像，眭澔平經過長老與村民的同意，親自參與其中，海上水下實地深入記錄，這正是他筆耕報導文學呈現的一大特色——有感人的故事、動人的情節和真實的紀錄。

讀者在精心閱讀時，會看到屬於蘭嶼的特有細節和專有名詞巧妙鑲嵌其中，像是捕撈動作和內心揣摹，還有部落文化等等，面面俱到陳述交代。作者以圖輔文，以文輔圖；亦即文字裡流暢演繹的是真實生動的影音如在眼前，每一段刻劃入木三分的劇情起伏又是優美感人的文字歷歷在目。藉著達悟族勇士捕飛魚的進行儀式，帶出部落傳承，他將捕飛魚的過程敘述詳細，因為他本身就是領有漁民證和船員證，經常和漁民出海從事各種不同型態的捕撈好手。於是這篇圍繞看見蘭嶼南島海洋的短篇小說，對於海洋有著哲學家的腦、作家的心、藝術家的眼、記者的筆。

這篇文章的題眼是「家」，家是群體認同、家族認同和身分認同的反覆辯證，便有成長的三階段轉折：

第一階段「見島就是島」：

在小島長大的孩子以為出生地、居住地就是全世界，小時候安於一方水芋田的供養，一碗魚湯的滿足，欣賞媽媽的頭髮舞，崇拜爸爸雕刻的獨木舟。海洋是大人神聖的工作場域，唯有遵守祖靈得以庇佑生計。

第二階段「見島不是島」：

我見都市多嫵媚，料都市見我亦如是。年輕人羨慕都市繁華光燦，湧向城市，期盼有朝一日能功成名就回歸故里；小說主角經歷甄選棒球隊失利，讀書和工作全盤皆墨的失意，承認自己是一敗塗地的人生失敗。最後毫無衣錦，只是還鄉⋯⋯。

第三階段是「見島又是島」：

從捕飛魚的成功中，受到長老的肯定，感受到祖靈的召喚。從否定和肯定，闖蕩一圈回到原點，心境已是大大不同。外面的世界就算天大地大，不如土親人親；尤其一旦當阿海信心壯大，更確定自己的返鄉選擇是正確的。

作者不照時間順序來寫這三階段，而是不斷用跳接和補述開拓劇情張力，插敘文史資料和變化畫面，讀來更有現場感、故事感和電影感，顯得靈動有神。至於主角阿海的出外闖蕩際遇顯得平凡，或許是作者故意的安排，帶出現代年輕人的無力感與現實生存困境，這個故事不只是發生在阿海身上，也發生在千千萬萬年輕世代的生存掙扎。

作者讓「家」有向善的定義：

不見得要年老力衰才落葉歸根，承先啟後才是「家」能生生不息的動力。

四部曲

我來去龍發堂——看見心靈海洋

來返傷心地

夜深了，一盞聚光燈打在中堂的玻璃櫥窗上把肉身菩薩金身點亮，黯黑的龍發堂大殿顯得格外淒涼。

上完香，我回頭向開闊明亮的磨石子地板望去，屋外皎潔的月光均勻鋪滿在三十一張臨時打地鋪的簡陋床墊上，裡面也有我的一席之地。走過去再看一次這些堂裡所稱呼的「孩子」，一個個睡姿扭曲、肢體橫陳，還有的流著口水、咕噥叨絮著夢話。他們和我的年歲相仿卻都是被社會家庭遺棄的精神病患，珍惜滿足於龍發堂給予了自己一方小小的容身之所。

毫無睡意，我把床位上的被子又隨手推開了起身，繼續再向殿外廣場走去。面對左側另一棟燈火通明的大樓，那裡原來應該是他們最後六百四十七名男女精障堂友們入住的七層室內生活起居、教學製衣和休閒活動空間；卻在三年前還來不及關電清理，就被貼上兩張交叉白紙封條，嚴令禁止進入而閒置至今。貼在門側些許斑剝的衛生局公告上冠冕堂皇寫著：

「龍發堂為法定肺結核與阿米巴痢疾疫區，為免群聚感染依法強制撤離清空，任何人等均不得進入此建築物內活動。」

今晚高雄路竹的月光出奇明媚鮮亮，龍發堂大殿屋頂矗立的開豐師父巨型銅像連慈祥的笑臉都清晰可辨。七十三歲圓寂，堅持三年坐缸成為金剛不壞全身舍利的開豐老和尚，一九七〇年代創建了正邁入五十一年歷史之久的龍發堂。我不知道他老人家面對這片當年力排眾議，為收容一群社會精障邊緣人所打下的江山，此時此刻目睹此情此景，到底該如何怡然莞爾，還是慨歎以對？

曾經轟動歐美，特別是在德國精神醫療業界，連中國精神醫療學術年會都曾移駕開過多次國際研討會的龍發堂，其靈魂人物開山祖師釋開豐和尚，曾拓展出了一個全世界最大型結合宗教文化、多元民俗醫療、音樂舞蹈武術、縫紉職能教育、農產畜牧養殖、製造加工業的民間精障大家庭團隊。龍發堂既未得申領政府補助，也並不全靠家屬繳費，僅以二十餘人管理，配合堂友互助自治的營運模式，平順安穩維續了近半個世紀的大型精神病院收容長照中心。

過往十四年間我來去台北、高雄，持續追蹤採訪報導龍發堂。根據檔案紀錄早年黃金鼎盛時期這裡曾經慈善收容過，高達上千名台灣各縣市鄉鎮送來的精神病患，同時也幫我們解決了寶島鄉親上千個家庭難以啟齒又無法負擔的隱憂。畢竟有的會縱火、有的要殺人，沒有一個普通家庭能夠承擔照顧之責。甚至好幾位家屬私下跟我抱怨：別人來家裡提親，一看到有個精障的親友立刻頭也不回便退婚逃走了，老死不相往來。但是二〇一七年一紙高雄市府的行政命令起源於兩個TB肺結核和阿米巴痢疾的流行病例，接著衛生局結合社會局、建管處和警政單位多次全面強制監控入駐普篩病毒檢驗查核，高雄市衛生局並沒有依法公布流行病檢疫最終明確統計數據的報告結果，便逕行決定龍發堂所有收容人員「只出不進」。一直到最後，竟然局內私自議處，宣布必須全數「移置清空」。

首先衛生局執行多次的流行病毒篩測檢驗行動，採取的是世界罕見的突擊式限制行動的全面囚禁封鎖，同時隔離原來熟悉的堂內管理人員不准協助照顧。就在耗時費工，要求全體堂友各別站在自己床邊長時間定位的等待監控下，驚嚇到許多原本情緒就不穩定，尤其是嚴重思覺失調的精障病患。正是因為高雄衛生局下公文，必須趕在一個下午將數百人全部做完肺結核病X光檢查，全體堂友們都被限制行動，直到晚上七點還不得做飯進餐。但這些精障堂友們早已習慣規律作息，卻非得餓著肚子聽命等待，於是陸續引發有的躁鬱症失控打破玻璃、有的被害妄想症自己脫掉褲子、有的直接忍不住把臭屎大便拉在地上、還有的情緒失控要自戕必須由臨床堂友當機立斷自行決定用鐵鍊暫時將之拴綁……。凡此種種現象又被隨行主管官員與專業社福社工人士哀戚長嘆：

「嗚呼哀哉！慘無人道！」。

到底是誰「慘無人道」？龍發堂將是千古懸案。

去滅龍發堂

從二〇一七年十月底到十一月初，少少幾位精神專科醫師前往龍發堂，持續九個工作日，每次僅僅兩個多小時的時間必須陸續完成診斷全部堂友，甚至包括堂裡的出家師父也被拉去當成病患無禮訊問。醫生按照「精神病患性質評估表」將精障分為六類障別：其中第一、二類的精神病症狀最為嚴重，無法維持個人衛生及生活行為者，必須優先立刻被強制移出並安置到公立醫院。就這樣兩位精神科醫師平均九天，每次兩小時竟可訪談高達六十餘人；也就是說輪流訪視審問極為草率，卻能定列出全部六百多人的精障級別分類，每人的談話時間才一到兩分鐘而已。

多位堂友和家屬跟我嚴正反應並質疑鑑定結果；忿忿不平的不單是醫師常無端偏於精障級別的重判，精神科醫師竟然有時還不斷刺激詢問堂友盡說一些命題荒謬的問卷：

「你在龍發堂裡會不會想自殺？」

「你有想要死嗎？」

「你覺得你自己是不是神經病？」

此舉後來引起許多堂友和家屬們發動陳情自救，都不願讓這群已經習慣安住的「孩子」遷離龍發堂，於是當局一方面祭出重金開罰龍發堂趕不走人，另一方面還曾要求龍發堂應當支付堂友遷至公家醫院所有未來的費用。

其中最不可思議的事乃是政府單位多次調派動員，有如出勤重大刑案特偵組的大批優勢警力，將這棟生活大樓裡手無寸鐵的堂友們團團圍住，任憑精障引爆極度躁鬱驚恐以致哀鴻遍野，警察仍然全面強制拉扯拖離龍發堂，以專車全部送回原本戶籍所屬之各縣市。至於凡是原屬高雄縣市區域的堂眾，則強迫住進高雄凱旋醫院和市立民生醫院等。

堂友輾轉託家人帶口信給我，向我訴苦他們是被用來填滿那邊入住的空病床數量，同時原來不服用西藥的龍發堂眾在那裡也必須開始消化健保精神疾病諸多藥品。結果造成有的家屬付不起每個月的費用申求無門，有的堂友被交回給原生家庭卻意外走失陳屍街頭，有的被之前的警察拖來趕去又改變環境以致精障病情加劇；也有的被迫抽離失去每天堂裡各種規律自在的團體活動，終至轉成重症被監控桎梏的囚徒。

我實在無法忘卻那天在這棟生活大樓裡，到處是堂友們淒厲哀求的哭喊和抗拒嘶吼的尖叫聲，最後一刻趕回來的我直接衝到三樓，卻連一個堂友也救不下來！警察還飭令我承認是被強制撤離名單裡的哪個人，又是被判定在一至六級精障裡的哪個級別。霎時竟教我百口莫辯，這才警覺到：

原來龍發堂正身陷於一種訴諸合法邏輯專業，卻扭曲謬誤的威權霸凌！

既然在堂友、記者、警察的臉上都沒人刻著「神經病」三個字，而是掌握主控權的人他說你是，你就是「瘋子」。我反問警察：難道在紅燈戶裡出現的每個女人就一定是賣淫的妓女嗎？那你們此時此刻都是出現在龍發堂裡的警察，我怎麼確定你是不是「瘋子神經病」假扮的？包括那些跟我一樣讀到碩士、博士高高在上位的長官大人們，誰敢說他們通過得了同樣具有執業證照的我，也來對他們進行官方團體普篩，同樣限制他們行動，繼之強制使用我所專業的「精神病患性質評估表」，外加國際權威的「漢彌爾頓情志評量表」，雙管其下對之進行精障歸類定級。

我還是被當成名冊裡漏掉的瘋子給推擠到了一旁，手上準備當歷史紀錄拍攝的手機更被嚴厲禁止使用，於是眼睜睜目睹龍發堂生活大樓裡面的日曆永遠停留在二〇一八年二月二十五日，就好像南投集集火車站的老時鐘永遠停留在一九九九年九二一大地震爆發時的一點四十七分。龍發堂師父口中所稱的那些「孩子們」，而不是「瘋子們」，在混亂中現已人去樓空，所有盥洗物品、棉被寢具以及置物櫃裡的衣褲用具等都還依序規律整齊的排放著。走下來到了一樓，我看到當天連清晨煮給大家吃的早餐稀飯、菜脯蛋、地瓜葉、花生麵筋、旗魚肉鬆都還擺在圓圓的飯桌上，整個龍發堂生活大樓轉瞬間幻變，成為一艘黑夜大海上風雨飄搖的「幽靈船」。

三天後，市府正式派遣專員來到現場，貼上了此刻我眼前的封條。

出缸肉身佛

心情百感交集，凌晨三點空蕩蕩的大廣場上現在只剩下我一個人。

耳畔響起了喧鬧的鑼鼓聲，那是十四年前二〇〇七年八月四日的那個同樣半夜三點整與我出生同樣的寅時，龍發堂開山祖師開豐和尚出缸大典的儀式把大殿前這片廣場擠的水洩不通，萬頭攢動。只見大型吊車升高到殿堂頂樓上面師父巨大的銅像後方，鋒利的電鋸切割開封藏的氬焊小門，取出開豐師父坐化的大陶缸，高一百六十公分、直徑一百二十公分，就罩著金黃色綢布的帷幔緩緩從高空降下。我被簇擁推擠在層層的信徒和採訪記者之間，向陶缸緩步挪移靠近，心裡慶幸著，從台北照著高雄路竹甲南里環球路四六五號的地址一路開車南下找來，沒錯過這歷史性的一刻。這雖然是我生平第一次踏進這片傳奇盛地，但卻一點兒也不會感到陌生；畢竟我們這一代台灣人從年少時候，就經常會跟同學們拿著「龍發堂」三個字互相在嘲弄大開玩笑，像是：「你該不是龍發堂跑出來的瘋子吧？」「再吵就把你送去龍發堂關起來哦！」

半個世紀以來，台灣社會早已經約定俗成，把「龍發堂」跟「瘋子」、「神經病」、「精神病患」畫上等號。

沒想到前面的記者群體突然鼓譟起來，似乎越吵越凶。我好不容易擠進去，才聽說龍發堂廟方宣布禁止記者拍攝開豐師父出缸的那一幕，於是有人激烈批評，堂裡在擔心缸內會是一灘又臭又髒的屍水，所以啊準備要用模型來做假⋯⋯。

十分鐘後，又有人出來宣布說師父來託夢了！一樣堅持不在大庭廣眾下出缸，但是只准許給某一名記者代表進去看，還把這個人的外型和衣著特徵詳述了一番。這時有點打瞌睡的我忽然被嚇醒，因為眾人好奇的眼光全部向我投來，旁邊的同業跟我說：「好像是在講你耶！」我連忙否決，因為我確實從沒來過這裡；真要那樣也沒有人會服氣的。終於，眾人決定以傳統民間廟宇擲筊的方式來判定，最後擲出最多一正一反次數的還是我。我這就被特准進屋安排站到女法醫鍾鳳英的旁邊，即將見證眼前這歷史性的一刻。

鑼鼓聲還在耳邊震天價響，掀開陶缸頂蓋，只見抬出來的遺體狀況非常完好，還是盤腿打坐的模樣，由於毫無腐敗以致石灰粉飛灑得室內滿天都是，眾人嘖嘖稱奇。我得到堂方特准貼近一摸，老和尚整個消瘦的身體都是柔軟的，不但可以扶著站起來，居然連手腳關節都還能夠活動，肌膚有彈性，每一個毛細孔清晰可見，體毛、鬍鬚、皺紋也非常完好。

特別讓人震驚的是二〇〇四年五月十三日釋開豐圓寂，等到九十七天以後，也就是八月十七日坐缸時，師父的眼睛和嘴巴都是張開的，現在三年不到他的眼烏珠還在，唯有收乾了水晶體變成乾扁扁的薄膜。我終於理解為何廟方一再說師父託夢不給眾人看出缸的當下，正因為肉身菩薩成為全身金剛舍利不腐不爛，然而身上絲綢麻布的衣褲全部分解殆盡，幾乎是全裸的形體抬出缸外，確實有礙觀瞻。

鍾法醫讚嘆大叫：「血管還可以注射！」

我看她以針筒真的將天然漆樹液體注入師父呈現淡灰色的皮膚裡。接著總監心賢師和住持心善師宣布師父再次託夢指示：其將以右臂壓猛虎、左腳踏白蛇的「觀自在」姿態，透過一千三百年前唐朝以降傳承的肉身菩薩脫胎漆器工法，永久在龍發堂裡普照眾生、庇祐堂眾。接著，堂友們口中親切喊的「阿瑪」心賢師父許富媛，以釋開豐和尚大弟子的身分向我宣達：接下來我可以繼續特許參與見證採訪紀錄，八月到十二月即將歷經近四個月的全部製作肉身菩薩的古法程序——從定型、抹上三道天然漆樹的生漆液，再運用日本金粉結合正統「暈金」塗法為開豐和尚完成金身，並預計於二〇〇七年底舉行安座大典。

於是在接下來的四個月裡我真的「來去龍發堂」，在台北三重和高雄路竹之間往返奔波十餘趟，對於自己原本設定的新聞報導主題「肉身菩薩」深入採訪記錄。正是由於這一段奇妙的因緣巧合，方能讓我得到這個自盛唐至今一千三百多年，名符其實「千載難逢」的機會。可是當我每次住宿在堂內香客的房裡，逐漸發現更吸引我的是：龍發堂裡收容的那六百四十七名精神病患。

每天清晨六點和傍晚五點，堂眾都會從那棟神秘的七層生活大樓裡，依序整隊步行進到大殿做早課與晚課的誦經禮拜。我躲在殿旁的紗窗後面看著他們：男眾與女眾分別從不同的入口進入，各自坐在分配妥善的蒲墊上，就在大家向著如父親般的開豐師父照片請安問訊之後，隨著電吉他、貝斯、薩克斯風、伸縮小喇叭和爵士鼓組成的「龍發堂大樂隊」演奏起《爐香讚・開經偈》的旋律，堂友合唱吟誦出佛經「爐香乍爇，法界蒙熏。諸佛海內悉遙聞，隨處結祥雲……」的詞句。

進住餓鬼道

早晚的暮鼓晨鐘中，我看看他們、想想自己，對照比較之下，人與人的命運相差實在迥異。

目睹有人呆滯的神情，有人畏縮的舉止，有人連路都不太會走且話也不會說、還有的人過去在外面精障治療機構，被醫師開處方籤服用了太多副作用的西藥，一直流著口水又前後反覆踏著步……，而我卻何德何能，就能這樣耳聰目明跑來跑去，任意游走出入他們生命唯一賴以維繫的城堡？他們來到龍發堂安頓之前，每個人都抱憾著一個悲慘世界的故事，那些都是我們絕對不願意跟他們交換的人生。

接下來始料未及，我和龍發堂的嫌隙爭執，即使我一再小心翼翼、戰戰兢兢地注意維繫，竟然在靠近歲末的一天早上，還是爆發了……。

就在心賢師阿瑪她再一次直白跟我說：

「阮的開豐老和尚又來託夢，問年底的金身圓滿安座大典之後，你要去哪裡？你有何『特別的要求』？」

她自我加油添醋，揣測和尚的心緒，繼續直白強烈表述，開始洋洋灑灑說三道四：

「堂裡老早就曾聽說過：新聞記者採訪佛道寺院宮廟的報導，那些都是有市場行情價碼的啦」云云。

我聽了火冒三丈，條直生氣到不行。於是我毫無修飾頗有微詞，激烈反駁了堂裡師父對新聞傳播媒體界的陋習印象！乾脆趁勢一不作二不休，以退為進，我大膽提出了自己內心深處真正猶豫躊躇的「另類要求」。

沒想到這次，輪到阿瑪非常生氣！

阿瑪針對我想住進去生活大樓，跟這群精神情志有障礙的堂友們在一起生活一段時間的要求，極其不悅！

阿瑪說：一九八二年高雄醫學院附設醫院精神科的文榮光醫師和社工人馬，曾一度陸續來進駐龍發堂，一直都是在保護他們自己安全的前提下，處處隔著所謂的專業「社交距離」，好像躲在切割著洪水猛獸一樣的動物園圍籬後面去觀察記錄。從來也沒有人提出過，要什麼自己進到危險區域去一起生活，這樣萬一發生被重傷害的攻擊怎麼辦？何況這些堂裡的「孩子」有滅門血案的瘋狂殺人魔、街頭隨機砍人剁頭的冷血劊子手、小偷強盜強姦傷害縱火犯……，罄竹難書、惡貫滿盈，簡直包羅萬象應有盡有。他們正是其中那種爆裂攻擊型的狂躁強勢「精障人」，相反對比於另一種被害恐懼退縮型的抑鬱弱勢「精障人」。

阿瑪心賢師率領堂裡管理團隊的心善、心秋、心涼、心愛、新柱、心璋等人，每天就在不依賴西醫之下，純粹透過團隊的互助生活模式，不讓這兩種人繼續他們不見容於外面社會的「加害人」與「受害人」角色。所以阿瑪堅持不准我進入堂友的生活大樓，一步也不准！否則萬一我遭受到傷害，或是我無心傷害到了別人，龍發堂又將遭受到社會大眾和政府主管官員的責難。

我想實地融入龍發堂「孩子」日常生活的採訪構想，終於在二〇〇七年十二月三十日的安座大典當天實現了。爭相來廟裡瞻仰朝拜開豐師父金剛不壞之身的進香信眾和家屬，把龍發堂大殿內外擠得水洩不通。阿瑪第一次用家人的稱謂對我說：

「弟弟啊！師父託夢說答應你的要求了。」

我聽了驚訝得喜出望外，儘管我一直搞不懂又沒有人睡覺啊，那為什麼和尚師父會一直在託夢？原來那似乎是一種靈動的感應，反正能進去神秘的生活大樓就好了。終於當晚不放心讓我直接入住的阿瑪，指派最熟練於管教掌控的心秋師陪同我先進去，測試一下水溫，只能憑我的造化。沒想到，一開頭就被我自己給搞砸了！

在三樓當我看見一名堂友突然手舞足蹈興奮朝我跑來，我直覺那是熱情擁抱接納的肢體語言，因此也正想向前跨步相迎；不料心秋師一個手臂虎頭鍘就把我擋下，另一名協助我的心柱師兄則立刻把那個堂友大力架開。我被趕了出來，一樓大鐵門在我身後重重關上鎖起，我退回到香客的房間裡慟哭了一夜。

隔天是陽曆除夕，清晨早課和早餐後，我一直提心吊膽，那是因為昨夜的「事件」必定已經傳到了阿瑪的耳裡，我自然不免將會被她狠狠罵一頓，而且必然永不錄用，絕無翻身的機會。

正當我已經在打包行李準備打道北上回府，聽到阿瑪竟在門外又叫我：

「弟弟啊！今天年尾加菜還有團體卡拉ＯＫ哦！師父有來託夢說：你今天就可以順利住進去了。」

我知道自己不能再錯失這次機會，一定要成功。

初衷釋開豐

聽到阿瑪繼續叨絮再議：

「你這個孩子真奇怪！人家千方百計想逃離瘋人院、飛越杜鵑窩、超荐餓鬼道，你卻偏偏要擠進來？是不是你才是真正的『瘋』了啊！真不知道開豐師父喜歡你哪一點？從出缸到進住對你攏總皆是每求必應！還要我給你什麼八個字——『你就是我，我就是你』。」

對啊！我想想自己趕不及在開豐師父生前見過他本人，於是想去從頭了解本名李焜泰一九三一年出生的他，到底是怎樣開始收容和幫助精神病患的呢？他老人家都圓寂三年多了，為什麼還那樣說：我是他、他又是我？

難道他是在說：他和我都在做同一件事情嗎？如此我就更渴望熱搜所有關於他的訊息，不只能更了解他，也將更了解自己。

聽阿瑪說，開豐和尚一九七〇年出家，在路竹自己家產上蓋起草屋寮房當佛堂，而他所收的第一個徒弟就是被附近村民給捉弄欺騙的神經病。

那對夫妻誇讚開豐和尚修練的道行高，希望送自己的寶貝兒子給他做徒弟。結果沒想到去接人的時候才知道，根本就是一個被關在四合院厝後破磚房裡的精神病患。當他用鑰匙打開沉重的大鎖，裡面又是發臭的食物又是糞便汙水，讓師父即使非常氣憤自己上當，被丟來一個燙手山芋；但是看到這些被隱藏在台灣窮鄉僻壤角落裡的一個個卑微苦難的眾生，實在不捨只有帶在身邊。偏偏這個孩子不但會亂跑還會放火燒厝，只有用麻繩將其跟自己的腰間互綁在一起，不但可以就近看管照顧，還能當種菜養豬餵雞的小幫手。聽著雞母碎唸亂叫，竟然就不再有幻聽幻覺，孩子的病情不久完全好轉，情緒穩定也不會再搗蛋搞亂或是縱火攻擊別人。

如此神奇事蹟一經傳開，於是全台灣家裡有精神異常的人紛紛送來去龍發堂。在一九八〇年代的台灣，開豐和尚甚至可以率隊帶上千名堂友繞台灣環島旅行，外加出國觀光跑了泰國、越南、菲律賓、新加坡、印度等地，轟動世界。

釋開豐留下金剛不壞之體的全身舍利，原來就是發心給他的堂眾「孩子」們看看師父一直都在哦！而他確實選擇了一條最辛苦、最受爭議的路，難道他所謂託夢給心賢總監傳來的話：「你就是我，我就是你」，正是在鼓勵我，效法學習跟他一樣，對於已經輕鬆採訪完成的報導，就應該繼續選擇更辛苦、更受爭議的道路探索真相下去，而不是志得意滿甘於安逸現況，把人生都當成只是一件件交差了事的應付。

末世羅生門

想通這一點對我在這歲末年尾住進龍發堂，破天荒把自己融入這群原本完全沒有交集的人生裡，我竟然超越陰陽時空得到了釋開豐奇妙感應的精神鼓舞。早上我換上堂裡深綠色的制服，鼓足勇氣一個人拿著塑料椅悄悄登上三樓加入他們卡拉OK伴唱的音樂課活動。

我故意挑了一個不太起眼的空處角落輕輕放下椅子，儘量不致突兀打擾大家。沒想到我才坐下來，聽到有人點了江蕙的閩南語金曲《給你攬牢牢》唱了兩句，四周沒人發現我的出現有任何違和感，無奈緊鄰我身邊的男子卻忽然把頭扭向了我，目不轉睛盯著看。

這次我想：我又要totally全毀完蛋了，一樓出口已被大鋼鍊鐵鎖同樣「給你攬牢牢」，也把我栓牢牢在此，插翅難飛逃不出去。我兀自感覺臉頰一陣陣腥紅發熱襲來，不敢看他，就是低著頭快哭出來也不敢看他……，直到他開口跟我說了第一句話：

「你是新來的哦？」

我遲疑了一下，立刻稱「是」。

這句問話聽得我真是「一則以喜、一則以憂」。喜的是我，喬裝精神病患完美勝出，終將得以安住於斯；憂的是我，可能根本天生就是個瘋子，外面舒舒服服的好日子不過，還真的發神經病，來去經歷了一段徹徹底底不一樣的人生。

緊接著他又跟我互聊了第二句話：

「你最近比較累齁？」

「是啊！對對對！最近台灣南北跑來跑去，實在真是快要累死我啦！」

我驚訝與他素昧平生，如果我們真的同為天涯淪落人，即使相逢也從未曾相識，然而他卻在關心我耶！聽完最後他下面繼續對我說的這段話，我已淚千行，跟著這首《給你攬牢牢》副歌的歌詞一塊兒唱到了「分擔你的憂、你的愁，和你的哭」……。

「那你要多多休息哦！我是阿狗！你在這裡有什麼事我都可以幫忙的。」

眼淚噴了自己滿臉，開關怎麼都停不掉。

他是「阿狗」、我則屬「豬」，我們共同匯聚在這個讓很多人瞧不起「豬狗不如」的龍發堂！怎麼會想到自以為很厲害、很會採訪的我，其實潛在心態根本就是自以為是高高在上來此探討報導他們。竟然發現四個月來我卻在這與世隔絕的杜鵑窩裡，剛剛聽到了融化心靈最溫暖、最柔軟的一句話。我也忽然全盤搞懂，早年開豐和尚從第一個精障徒弟的治療經驗開始，曾為堂友兩兩以「輕度」配「中重度」級別的混和編組，並拴攬上麻繩後改用鑰匙鐵圈鋼鍊的所謂「感情鍊」，後因引爆社會各界大加撻伐批判而廢止。但是，龍發堂以真實「生命共同體」團隊互相照顧的方式，一直是堂裡喚起精障人士認知自我存在價值的重要實踐模式。莫怪我踏入的第一步就產生歸屬感，這是一條隱形的「感情鍊」，至今依然「給你攬牢牢」，心真真牽繫、情深深託付。

特別是到了夜裡，我們都是睡在完全開放式的通鋪上，班長像部隊裡的安全士官一樣，每晚必須輪流排班守夜照顧寢居大廳中，唯一的一個半封閉式的重症精障堂友區。需要安撫情緒的、抱去上廁所的、換尿布到餵食倒水的盡是鉅細靡遺、無微不至互助照顧。所以，每晚我們全體堂友睡在床上，都會做著同樣的夢：一起唱歌、一起玩樂器、一起拍籃球、一起跳電音三太子廣場舞、一起打宋江陣頭練武功——原來這些規律的群體自由活動充滿身心靈的自然療愈，給予這群人好像重新擁有大家庭一樣的歸屬感。難怪他們從帶進堂裡就能夠情緒穩定，不但過起規律的生活，他們也終於可以不必長期去服用精神科強制開方卻功效有限，甚至搖擺於「躁」與「鬱」兩極間折磨的西藥。進一步在大家庭團體裡各司其職地互相照顧下，自然不必遵奉後來最新立法硬性規定長照機構應當配置的管理人員比例。

大夥合家歡

當早上我跟阿狗被分配到一起清理整排兩側十間的廁所時，我發現自己不消十分鐘就極有效率打掃完工那東側的五間，他卻還停留在用菜瓜布費力細心刷洗西側第一間馬桶的裡裡外外。到底是他又笨又慢，還是我又巧又奸？

我們在「外面的世界」習慣於把心思大量花在煩瑣、攀比、計較、抱怨上，而不在「做事」本身的這件事上面；然而堂裡這群不見容於外面世界的人們反而格外珍惜眼前每一個能夠被接納、參與、付出、經歷的機會。如此專注於「做事」的過程令人動容，更給予了我一個對於自己過往習以為常的生命價值意義，徹底重新檢討反省的機會。

我想起在之前來來去去密集進出龍發堂的那四個月裡，另外有一名精障堂友專職擔任門房掌控堂口出入大權的「大牛」，他曾經讓我對之極為不諒解。甚至實不相瞞，我還以自己上達天聽的小特權，曾向阿瑪打了他好幾次小報告，就因為他老是耽誤拖延我計畫嚴謹又講求效率的所謂「採訪時間行程」。記得每次我要進去，哪怕看過我這張臉幾百次，他還是一定要固執提出「三個問題」讓我回答後，才去開鎖放行，准允我踏入大鐵門之內，一個都不能少：

「你是誰？」

「你找誰？」

「你要來做什麼？」

有一次我十萬火急要趕去台南歸仁高鐵站搭車，衝回台北交稿，偏偏自己粗心，一離開龍發堂的大門才驚覺我充電中的手機還掛在大殿的牆上，於是即刻在門房大牛的面前折返。沒想到他還真是耿直剛正不阿，又要再一次跟我走完入堂的「三個問題」SOP流程！我簡直大發雷霆、暴跳如雷對他狂吼，但他依舊聞風不動，繼續紮實值勤走完程序一二三，害我後來沒趕上高鐵……。

我當時竟然毫不怪自己疏忽拖延，反而忙著跟他嘔氣。現在想想：他比我們所謂「正常」人更加負責敬業且忠於職守，我卻沒有花時間檢討自己的生活工作雜亂無章，相形之下反映出自己遇事推諉，不正視問題癥結，極為「不正常」的盲點。

原來阿狗和大牛都幫我各上過人生的一小堂課哦！

小兵立大功

所有同住的堂友裡面，還有一位「小寶」每次看到我都會興奮地嘶牙裂嘴甩頭擺臉，並且伸長開展他那兩隻顫抖扭曲的手，向我高低揮動，等待我的擁抱。

小寶是名一出生就被醫生夾壞神經的腦性痲痺殘疾人，我是因為看到所有家屬有的跑掉了、有的極少來堂裡探望，唯獨他的母親「阿嬌姨」三天兩頭就來堂裡陪他，讓我頗為感動。特別是她聽阿瑪說：有一個「瘋仔」記者「神經病」要住進去生活大樓。她居然馬上私下秘密跑來找我，像極了「王佐斷臂說書」給陸文龍、還是「一門英烈千秋」趙氏孤兒「託孤」那樣，拉里拉雜說了一大篇比前後《出師表》還可歌可泣、感激涕零的話：

「我兒腦子被爛醫生接生時用鉗子夾壞了頭殼，還賴給我說小寶是天生殘缺畸形不正常！但是他現在確實不會走路，一個字都不會發音講話的……。來住龍發堂以前在外面，天天都只能在地上爬，遭村里鎮上的人當成豬一樣笨、狗一樣賤而被踢來踹去。其實他很聰明、很正常，不是智障、更不是像這堂裡那些精障神經病，只是他像『空安』的外表到處被人家嫌棄欺負。還好來到堂裡給了他一張輪椅，我有空就來這邊推他出來看風景、曬太陽，堂友也都對他很好；但是他沒有朋友，因為他的神經被夾壞掉了不能講話，所以別人也不知道他到底要什麼？聽說你有在外國讀到博士，看過很多書、又見過很多世面，可不可以請你到裡面，去當他的『朋友』？我求求你啦！」

對於這段老媽媽的請求，我一直放在心上，所以小寶後來成為我在生活大樓裡最記掛的人，每次一有空檔，我就會拉著阿狗一同去靠窗的床位邊找他玩。尤其是每次熱心的家長來廚房煮一頓大餐加菜、義工美髮師漂亮姊姊們來堂裡為大家義剪頭髮，還是有外人來慈善捐助大米或冬衣、交陪的宮廟陣頭來拜廟進香……，我知道他喜歡看熱鬧，於是我都會主動幫他把輪椅推到最前面最好的位置去看，不被任何人給擋著。

後來我終於慢慢理解，他舉右手就是要尿尿、舉左手就是要上大號、摸嘴巴是餓了、摸喉嚨是渴了——看來照顧別人的「吃喝拉撒」一點也不複雜、不麻煩的，我只要COPY複製模仿小寶同樣的動作，他便完全清楚我已知悉。倒是原本只是為了讓他直觀知道：我是他的「朋友」，我會向他展現出自己平常少有的那種極盡誇張滑稽的笑臉、表情，以及手舞足蹈瞎萌擺弄的肢體動作，還會去抱他轉圈圈、跟他一起拍拍手……；我真的不知道這麼微不足道的舉手之勞或是些許矯柔作做的誇張演技，竟然換得阿嬌姨有一天下午在龍發堂廣場上，當眾跑過來抱著我的大腿下跪大哭。

那天午後正當我把小寶的輪椅推著停放在堂口正中央，聚精會神看我們龍發堂「宋江陣」施展一百零八條梁山好漢，操演舞刀弄槍搞得滿身臭汗。阿狗飾「宋江」揮舞頭旗英姿颯爽開啟陣來，而我扮「李逵」耍擊雙斧矯健勇猛護帥，兩大領軍人物帶出傳統鄭成功復台以來鄉勇團練的「宋江陣」，只見「三十六天罡」各自的武器表演對打精湛拼搏展示，十八般兵器依序上陣：旗、斧、刀、槍、棍、棒、劍、戟、鐮、鈎、鐧、簡、棒、叉、傘、錘、耙、盾，圍觀的堂友們和香客群眾掌聲不斷！

就在第一段收尾壓陣的丈二長棍出場時，大家已經看得如癡如醉，個子高大的門房大牛，身形魁武、英挺偉岸的他趁勢要起最高難度的一丈二（三百六十公分；

十二尺）長的大九層木棍，有板有眼毫不馬虎。他雙手穩穩握住「丈二棍」的尾端，頂住了自己結實的丹田小腹，任由他發力虎虎生風，一直從棍尾震盪到正前方筆直水平懸空的棍首頂端，令全觀眾對於他的神乎其技大為讚嘆！可能太過於投入，大牛再一把勁兒，更加用力抖盪丈二長棍，忽然棍首一不小心敲擊到地面，瞬間在三分之一處迅速斷裂，猛烈反彈直飛上了空中。

其實那時我正在跟搭檔阿狗講話，因為馬上接下來就是我們倆要進入陣內，繼續帶頭展開下一階段「七十二地煞」對打陣勢的表演，所以完全沒有注視這起意外的發生！正當彈到空中的那一截鋒利的木棍，即將向我與群眾重磅砸刺而來的驚險一瞬間，我聽到一聲聲尖銳的「嘓嘓」、「嘓嘓」，像在喊我「哥哥」的叫聲，居然發自輪椅上小寶的口中，這才引起我注意他。只見他一直大喊大叫，不知道要跟我「說」什麼？終於他立刻吃力扭曲地舉起了他變形的雙手，我也照例COPY做起同樣的動作，表示我看到了——當他左右手都舉高高，就表示這次他應該是同時又要撒尿、又要拉屎吧！不過天曉得，當我把兩隻手上的雙斧才猛力朝上一舉高，就不偏不倚地擋掉了那正有如「彗星撞地球」斜插強力劈射而來的丈二利棍。

現場歡聲雷動，大家都以為我武功高強，好像演電影一樣，看都不用看就能及時舉手伸斧，幫堂友們擋煞，即刻救援、化險為夷。

眾人驚嘆聲中，丈二棍的一截果真被我忽然用雙手高舉起的雙斧巧妙擋掉落地，沒有任何人員受傷。全場歡聲雷動，向我這大英雄喝采。

就在此同時只見陣外旁邊，有一部停了很久的黑色大轎車裡，突然下來了一個女人，竟是阿嬌姨。她嘎啦哇啦地哭著向我直直衝來，好似要跟我對打比劃，害我拎著「黑旋風」李逵的雙斧不知所措。我趕快收起凶狠犀利的氣焰架勢，任由她一把抱住我，當著眾人面前對我撲通下跪，大聲嚎啕稱謝：

「小寶會講話了！小寶會講話了！小寶也會笑了啦！弟弟啊！阿瑪就說你像開豐師父一樣慈悲、一樣厲害呀！連我家小寶一輩子的病都被你給治好了啊！真的太感恩你啦！」

小寶的母親阿嬌姨熱淚盈眶，說著說著竟然繼續當眾趴下身來，向我大聲磕頭，把我嚇得倒退了三步，直接撞上小寶的輪椅。她繼續衝過來把我和小寶一起抱住大哭，聲嘶力竭、驚天動地，完勝蓋過了宋江陣操鬥對打的喊叫。但見她清白潔淨的洋裝被我的汗漬沾得骯髒污穢，但是她卻讓我發現了自己最純真善美清白潔淨的本性。我真的前所未有如此這般讓人肯定過和需要過。此際我心裡在想：社會學大師馬斯婁「人類五大需求理論」，其中最高層次的「自我實踐」境界，或許也不過就是如此吧！夫復何求。

我仔細聽小寶現在好像真的會講話、會笑，居然也會哭了！而他們母子一點兒也沒有忌諱，我手上還正拿著兩把開過刀鋒、貼著符籙咒文的大斧頭。頓時我也才恍然大悟原來小寶所謂開口講話，就是我以為他在大聲學雞叫，嘴裡含糊不清的大喊著「嘓嘓」、「嘓嘓」，原來是在跟我說「哥哥」、「哥哥」。小寶果真是因他的顏障、肢障外表被人誤會，以為是智障、還是精障。阿嬌姨說過他很聰明、很正常，根本的實情是「他」在千鈞一髮之際，小兵立大功，救了我的命。情急之下小寶首次開口叫了我，但是他更加聰明機智，反應迅速地運用了我們彼此默許的「屎尿暗號動作」來救我。沒有人會相信我並非釋開豐，我也毫無神力，而只是善良模仿複製了小寶的動作，居然救了自己也救了大家！小寶才是我們的救命恩人呀！

最後小寶還會安慰泣不成聲的媽媽，又用自己扭曲的手腕，吃力地拍拍她媽媽原本吹整完美現在卻散亂成一坨大便的頭髮。終於小寶用台語，首次跟他的母親說了今生最完整的一句話：

「嘛嘛！嘓嘓啾吼！」——「媽媽！哥哥真好！」。

是生蓮華池

同住了快一個月，一個寒冷的冬夜，我蜷縮在通鋪上的睡夢中被叫醒。

「你真的住上癮了？你有緊急電話，一位彰化地區民意代表找了你好多天了。」心秋師對我說。

我只有收拾東西到辦公室回電，才得悉他是想要請託我介紹一個二十歲的精障青年「貝貝」能住進龍發堂。於是堂裡同意把他載來剛好遞補我的床位，就跟關心我的堂友們說他是我的親戚，我讓位給他，那麼大家也要對他好。終於隔日家屬火速送到，才曉得他的媽媽也是住在堂裡已五年的重度精障患者，竟然對我撒謊故意不提。後來也有讓他們母子會面，彼此卻毫不相識形同陌路，真讓人唏噓不已。最後看在我的面子上，家屬未交分文就留下貝貝，先行離開龍發堂，說好以後再來繳錢。他們一行四人再三稱謝不已，直說原本阿嬤不甘心、捨不得這個一百八十公分高白淨清秀的二十歲「金孫」，直到一週前又再度忽然發病六親不認，差點把阿嬤給掐死，於是只有讓他走吧。

但是最令我忿忿不平的是：後來我每次到龍發堂都去看他，發現他的病情好轉很多，不但會背唱佛經、還能站在中間第一排帶著大家朗朗導唱。接著不久他把薩克斯風也學會了，還英雄出少年取代阿狗，擔綱台灣「戈甲陣」裡「官逼民反、替天行道」操舞頭旗的主帥「宋江」。每當民俗廟會遊街他都會成為眾所矚目的明星焦點——龍發堂的俊美韓星「金秀賢」，眾多少女為他的玉樹臨風、瀟灑倜儻瘋狂吹口哨又丟錢打賞，還塞手機號碼的小紙條到他的口袋裡，讓我也為他倍感欣慰驕傲。

不過正當我以為這樣家屬應該會迫不及待把一名快痊癒的俊帥小青年帶離龍發堂，回歸正常家庭生活之時，才知道他的家屬從來也沒有再來龍發堂探望過他。家屬即使一直仍然沒有來交過一毛錢費用，龍發堂也從來沒有趕出去任何一人，因為他們早就不見容於社會和家庭，許多堂友就像貝貝面對的情況這樣，被家人蓄意遺棄又永遠遺忘的「孩子」們。問題是，出賣了我做記者的面子，甚至換到是我打電話去彰化興師問罪找人，他們家屬竟然也膽敢都躲藏到有如人間蒸發，還輾轉傳話佯稱全家早早出國移民去了。氣煞我也。

於是對貝貝來說，我就變成了他在龍發堂裡唯一的親人了。跟對小寶一樣，我三不五時就會跑去逗他們笑、抱抱他們、拍拍他們、跟他們講話、陪他們玩；即使每次我們難免彼此雞同鴨講、各說各話，但是我確定他們完全接收到、也明瞭我的心意。

不滅爐香讚

這也難怪當龍發堂發生劇變，如同心賢師阿瑪所說的：「你這個記者弟弟，正在採訪的是一場沒有煙硝槍砲的屠城殊死戰火，報導的是另一件看不見刀光血影的滅門慘案新聞。」

我心裡最惦記著的就是「阿狗」、「大牛」、「小寶」和「貝貝」，也是我三年前最難過的那幾位所謂「我救不下來的人」。

他們同樣被安置在高雄凱旋醫院。情況最糟糕的是貝貝，本來他其實幾乎已經痊癒，只不過家人避不見面更不肯把他接回家。遺憾的是才雙十年華的他卻在多次目睹警察強制驅離又拖走堂友的激烈過程中，最後受到過度恐懼驚嚇而轉為重度精障，還會不時攻擊傷害醫護人員。現在必須用那些精神科醫生以前詬病龍發堂的鑰匙鐵圈鋼鍊，牢牢栓攬住他，實在令人費解。

我常去探望他們，但是唯獨貝貝是被歸屬在「危險族群」因此不准許非家屬的人去探望。偏偏他的家人早先就跑光了，於是他就像漢朝後宮內鬥報復下的「人龛」一樣，生不如死的將終身囚禁在真正「只進不出」的西方醫療精神病院體系裡。原來始終墨守成規尚無法治療痊癒過任何病例、對於長照安置也總是無法妥善處理的台灣精神醫學界和公衛療養界，現今已經如願「處決消滅」了龍發堂；還將過去數十年來的「無法可管之實、無力主導之恥」，全部都壓在這最後這一次以「流行疫情」為名的終結清算中加倍奉還。他們的意圖目標非常明確清楚：就是要讓一個從來不領政府公帑經費預算，亦從未具體得到過公部門幫忙協助和感謝的「龍發堂」，任憑「文化大革命」式滔天巨浪席捲沖毀，就像消除「時代共業」一般，變成為台灣的「歷史名詞」。

但是龍發堂在我的心裡，十四年來採訪報導的「我來去龍發堂」，原來不是在做一則社會新聞事件的獨家報導，而是溫柔敦厚地讓我回到了自己心靈的原鄉，傾聽到自己莫忘進入新聞傳播界的初衷，也傾聽到自己生而為人、與人為善的初心。

「泵！泵！泵！」

清晨五點打板起床的敲擊聲響傳入耳邊，我才驚覺黑夜走到盡頭，旭日天明已在眼前，趕緊跑入大殿摺疊收拾好自己的被褥床墊，也加入龍發堂劫後，目前自願回堂修行僅有三十七人所展開的早課。

「爐香炸爇，法界蒙熏。諸佛海內悉遙聞，隨處結祥雲……」

雖然沒有了「龍發堂大樂隊」的伴奏，《爐香讚・開經偈》的旋律仍然迴旋唱誦在龍發堂悠揚的暮鼓晨鐘之中。

我向開豐師父的全身舍利金剛不壞的肉身菩薩上了三炷香，回頭晨曦像無數的精靈一般瀰漫著光潔明媚的大殿。對比起昨夜的黯淡淒涼的光景，我終於了解在台灣這片寶島土地上曾經「創造歷史」、「走過歷史」、也已經「埋葬歷史」的「龍發堂」，就像《般若波羅密多心經》說的那樣：

「不生不滅、不垢不淨、不增不減。」

永遠不會消失。

附錄

「艱難之路」：解密導讀《我來去龍發堂》

蔚藍

報導文學的精神是什麼？

引述楊渡在二〇二二年第四十二屆報導文學獎，講評眭澔平的得獎作品「來去龍發堂」：

這是時間與生命換來的作品。

記者做短時的採訪容易，但達到十幾年的長期關注，卻需要更深厚的耐心和功力。更重要的是，作者以他的愛心，去看見外界所未曾看見的龍發堂的內在世界。

報導文學，需要這樣的精神。

當我寫這篇導讀時，是否我也該付出相對的報導精神，親自走一趟龍發堂，實地證實文中所寫的內容和拜訪相關人物。

二〇二二年十月，蔚藍人文堂在高雄中學舉辦回饋校園公益演講，由畦澔平主講，會後我、澔平和四姊畦幼蘭一起去高雄路竹的龍發堂。四姊長住在美國四十多年，趁返台探親一起出席弟弟的演講會。

遇到下班塞車潮，從高雄到台南開了一個多小時，路上正好開會檢討。夜色皆墨，才抵達龍發堂。心秋法師騎著單車到鐵門口開門，一看到澔平回家，開心得嘴角都笑到耳邊了。

澔平向四姊和我介紹龍發堂，指向大廳的金身菩薩，說道：「這位是開豐師父，他七十三歲圓寂時全身舍利，生前堅持圓寂後三年坐缸成為金剛不壞肉身菩薩。」

我僅是雙手合十敬拜，口中念念有詞，不知怎的，熱淚盈眶，回首相望，澔平亦是。

龍發堂的精障堂友們看見澔平來了，紛紛歡喜來相見。他們剃短頭髮，傻笑，露出缺牙，看得出來肢體不協調和身體的障礙，可是澔平和他們親切擁抱，問候近況。他們並不知道澔平在維基百科的豐功偉業，純然是人與人之間自然單純的情感連結。他們記得澔平曾經從台北到高雄來來回回不知多少次，採訪坐化儀式，他們一直也都記得這十四年來澔平曾經和他們一起生活的瑣事。

我四處參觀龍發堂，應證文章所言所敘。

曾經有六百四－七人的龍發堂，為六百多個家庭分擔照顧過家有精障者的困境，而今一片蕭索。高雄市衛生局以一紙散播傳染病之名，突擊式封鎖、帶離、解散精障堂友，受此打擊，龍發堂多年付出與努力一蹶不振。曾經精障堂友以小型生產得以自食其力的工作場域顯得冷清，我彷彿看見文中幾個代表人物曾經在此生活的情景，而今何去何從呢？

一位有良知的記者，看見不公不義的事，該如何挺身而出呢？

阿瑪招呼著：「路竹附近有家羊肉爐，我們一起吃個晚餐吧！」

咦，我以為要吃素。

餐桌上，阿瑪看見澔平心中欣喜，仍難掩大病初癒的病容。受此打擊及後續事件發展，阿瑪的健康大受影響，也瘦到不行，遺憾變成了輪椅上的「紙片人」。飯桌上他們提及堂務種種，我是那亂入之人，有些事串不起前因後果，卻想一探究竟。

關於吃葷食一事。最初精障堂友服用藥物，精神狀況未見起色，有營養師建議，適當的葷食或許可以讓病情有所改善。開豐和尚說：「只要對病情有所改善，不必拘泥條規，不妨一試。」念茲在茲，心懷病友。果然病情大大改善。

我的對桌是心璋師兄，上桌時我觀察他把一個布包放在主位上，恭敬地擺上碗筷，如開豐法師同在。很難想像他們是以怎樣的「相信」，曾帶著一群精障堂友環遊台灣旅行，還去歐洲旅行。這一路上的照顧擔憂，從來沒少過。一趟出門，對正常家庭的日常已誠屬不易，對精障照顧者要更加艱苦，如何如何走出不同的一條路。

一般人對龍發堂不瞭解不理解，是否該有個人，以記者的專業，深入其中，長期專注與投入，給大眾更多的訊息，也是給精障病有更多的包容和機會。

在這一篇報導文學裡，眭澔平扮演一座橋樑敘述人，既是忠實報導的記者，又是精障關懷者。他用專業的主題研究，又借用小說技巧插敘時空的拼貼，以幾位小人物的生命故事帶出精障家庭的生活不容易。眭澔平以他擅長的散文情思牽動讀者，並以敘述者的企圖還原整個事件的各種觀察角度，在反轉大眾對龍發堂、精障者、肉身菩薩、民間信仰等多元議題之間巧妙串接。

這一篇報導文學閱讀起來文字密度高、資訊量大，卻能把事件堆疊的沈重感，舉重若輕又流暢感人的鋪陳出來，一如生活在龍發堂的人，字字用心也處處艱難。

試問，現在即時速食的新聞中，還有誰願意以十四年時間和生命觀照，去完成這樣一篇主題偏冷卻暖暖內含永恆光華的人文情懷？

單獨就這一點而言，好記者、好人、好心、好筆、好文采，為我們海闊天空的報導文學世界完美達陣。

後記

此生一定要和眭澔平旅行一次

蔚藍

「此生一定要跟眭澔平旅行一次。」

這是我在跟隨眭澔平幾次旅行下來，最常聽到周遭的人有感而發，共同說過的一句話。

坦白說來，原本我只是因為邀請他到美國加州南爾灣、北矽谷演講、演唱和主持，熱心充當他南來北往趕場的司機。我卻時時刻刻驚艷地發現，在這也算是一段又一段的旅行途中，他會為一株旱地上充滿生命力挺拔的植物駐足停留、為一隻迷途的小貓趴在地上安撫餵食、為一棵可以開車行駛穿過的傾倒巨大神木爬上用腳丈量、為一群堅守自己民族傳統的少數民族認真學習他們老祖先的歌舞文化。凡此種種原本不是計畫的行程經歷，竟然皆足以成就了他筆下的報導文學，那一篇篇精彩生動感人肺腑的亮點。

直到我回台省親度假，配合上多場眭澔平在蔚藍人文堂、南來北往超過十場的演講活動，不但見識到他演講的功力與魅力，以及高知名度廣受觀眾讀者熱愛的人氣，最難得的是深刻體會到他毫無名人的身段距離，與各階層人士都能快速歡愉相處，打成一片的溫暖親和力。最可貴的是我竟然多次走入他報導文學裡所寫過的人事物世界深處：從高端學者、企業家、藝文傳播界人士對他的推崇，龍發堂落難的精障病友們對他的感恩思念，蘭嶼到澎湖的村民傳頌他曾在當地採訪的事蹟，尤其是我親聞閩客、賽夏、泰雅、排灣、阿美、卑南、賽德克、布農等各族原住民口中，竟然都把他當成最親家人的真情傳奇。

我終於完全理解為什麼眭澔平能在過去四十年中，寫出五十多萬字這麼多可圈可點精彩的報導文學，他從電視新聞記者出發，凡事主體不是道聽塗說、二手評析，而必須親臨第一現場，必須面對面採訪攝影報導記錄素材，如同札實的人類文化史學田野調查蹲點研究，並藉廣泛又深入的生活觸角融入主題感同身受。難怪他所觀察、敘述、撰寫提點的報導文學故事如此感人至深又震撼心弦。原來在跟全球各地陌生人共同歡笑相遇又不捨別離的同時，他也為台灣的報導文學格局悄然進行了一場「看見世界」開啟身心靈視野的溫柔革命：

一、看見報導事件第一現場的新聞世界。

二、看見社會事件不同階層的內心世界。

三、看見歷史文化感同身受的人本世界。

眭澔平曾有感而發對我說，他希望有生之年能寫完自己澎湃醞釀在內心所有的報導文學篇章於「萬一」。原來對他而言，報導文學小說寫作流淌的故事，幾輩子都寫不完，這就是眭澔平文創動力能量如此源源不絕的根本。

我想像自己，當一個作者、記者、文學評論者，還是觀眾讀者也好，即使僅僅在他踏實認真又海闊天空的旅行中當一個小跟班或路人旁觀者，便已有如司馬遷在《史記》〈伯夷列傳〉裡所提到的「蠅附驥尾而行千里」，處處讓我得到啟發收穫，並不斷期待他「眭式海闊天空版世界報導文學」的提點開悟、潤澤分享。

一生一定要跟眭澔平旅行一次，不然至少也要讀一篇他的報導文學。

你會發現他對文字張力的掌握、敘事細膩的鋪陳，絕對來自最前線、第一現場的第一手真實歷練體驗所獲得之素材資料，再進一步鎔鑄於他在學術、新聞、傳媒、文化、藝術、旅行等六大領域的深厚底蘊，撰寫出「看見」三種開闊領域的「世界報導文學」，比我們自己親眼所見還要萬分精采。

國家圖書館出版品預行編目(CIP)資料

飛越海闊天空：心航海時代四部曲/畦澔平著. -- 初版.
-- 臺北市：暖暖書屋文化事業股份有限公司, 2024.09
面； 公分
ISBN 978-626-7457-02-3(平裝)

863.57 113007316

飛越海闊天空

——心航海時代四部曲

作者 畦澔平
編輯 龐君豪
版面設計 菩薩蠻
封面設計 楊國長

發行人 曾大福
出版發行 暖暖書屋文化事業股份有限公司
地址 台北市大安區青田街5巷13號
電話 886-2-2391-6380
傳真 886-2-2391-1186
出版日期 2024年09月（初版一刷）
定價 380元

總經銷 聯合發行股份有限公司
地址 231新北市新店區寶橋路235巷6弄6號2樓
電話 02-2917-8022
傳真 02-2915-8614

印製 成陽印刷股份有限公司